16	3	2	13
5	10	11	8
9	6	7	12
4	15	14	1

Coleção LESTE

Mircea Eliade

UMA OUTRA JUVENTUDE

e Dayan

Tradução do original romeno e notas
Fernando Klabin

Posfácio
Eugen Simion

editora 34

EDITORA 34

Editora 34 Ltda.
Rua Hungria, 592 Jardim Europa CEP 01455-000
São Paulo - SP Brasil Tel/Fax (11) 3811-6777 www.editora34.com.br

Título original:
Tinerete fara tinerete e *Dayan*

Capa, projeto gráfico e editoração eletrônica:
Bracher & Malta Produção Gráfica

Imagem da capa:
A Coluna infinita *de Brancusi (1935) em Târgu Jiu, na Romênia*

Revisão:
Alberto Martins, Fabrício Corsaletti, Sérgio Molina

1ª Edição - 2016

CIP - Brasil. Catalogação-na-Fonte
(Sindicato Nacional dos Editores de Livros, RJ, Brasil)

Eliade, Mircea, 1907-1986
E724u Uma outra juventude e Dayan /
Mircea Eliade; tradução do original romeno e notas
de Fernando Klabin; posfácio de Eugen Simion —
São Paulo: Editora 34, 2016 (1ª Edição).
216 p. (Coleção Leste)

ISBN 978-85-7326-651-1

Tradução de: Tinerete fara tinerete e Dayan

1. Literatura romena. I. Klabin, Fernando.
II. Simion, Eugen. III. Título. IV. Série.

CDD - 859

UMA OUTRA JUVENTUDE
e Dayan

UMA OUTRA JUVENTUDE

I

Só quando ouviu o sino da Mitropolia[1] é que se lembrou de que era Sábado de Aleluia. E logo que saiu da estação de trem pareceu-lhe estranha a chuva que caía e ameaçava tornar-se torrencial. Caminhava com pressa, protegido embaixo do guarda-chuva, as costas curvas, o olhar voltado para o chão, procurando evitar a enxurrada. Sem se dar conta, começou a correr, aproximando o guarda-chuva do peito, como um escudo. Depois de vinte metros, porém, viu que o sinal vermelho se acendia e teve de parar. Esperou nervoso, saltitando, erguendo-se na ponta dos sapatos, mudando a todo momento de posição, olhando aflito para as poças que, poucos passos à sua frente, cobriam boa parte da avenida. O sinal vermelho se apagou, e, no segundo seguinte, a explosão de uma luz branca, incandescente, o fez estremecer de cima a baixo e o cegou. Era como se tivesse sido aspirado por um ciclone em ebulição que rebentara, de modo incompreensível, bem no topo de sua cabeça. "Caiu um raio por perto", disse consigo mesmo, piscando os olhos com dificuldade, mal conseguindo descerrar as pálpebras. Não compreendia por que segurava com tanta força o cabo do guarda-chuva. Vinda de todos os lados ao mesmo tempo, a chuva o golpeava violentamente e, apesar disso, ele nada sentia. Então ouviu de novo o sino da Mitropolia, depois todos os outros sinos e, bem perto dele, um outro, badalando solitário, desesperançado. "Que susto", disse consigo mesmo, e começou a tremer. Era

---

[1] Igreja arquiepiscopal, em Bucareste. (N. do T.)

por causa da água, compreendeu logo depois, dando-se conta de que se encontrava estirado numa poça da sarjeta. "Estou com frio..."

Ouviu a voz ofegante de um homem assustado:

— Eu vi quando o raio o atingiu. Não sei se ainda está vivo. Eu estava olhando para lá, ele estava bem debaixo do semáforo, vi quando ele pegou fogo de cima a baixo, e como pegaram fogo, ao mesmo tempo, o guarda-chuva, o chapéu e as roupas. Não fosse a chuva, ele teria queimado como uma tocha... Não sei se ainda está vivo — repetiu.

— Mesmo que esteja vivo, o que vamos fazer com ele?

Era uma voz longínqua, cansada e, assim lhe parecia, amarga.

— Quem sabe que pecados andou cometendo para ser fulminado por Deus justo no Sábado de Aleluia, e justo atrás da igreja... Vamos ver o que diz o médico de plantão — a voz acrescentou, depois de uma pausa.

Pareceu-lhe curioso não sentir nada, nem mesmo o próprio corpo. Soube, pelas conversas dos que estavam ao seu lado, que fora transportado. Mas como? Nos braços? Numa maca? Numa cadeira de rodas?

— Duvido que tenha alguma chance — ouviu uma outra voz, igualmente longínqua. — Não lhe restou um só centímetro de pele intacta. Não entendo como ainda possa estar vivo. Em condições normais, ele teria...

É claro, todo o mundo sabe disso: ao perder mais de cinquenta por cento da epiderme, a pessoa morre por asfixia... Mas logo se deu conta de que era ridículo, além de humilhante, responder em pensamento àqueles que se agitavam ao seu redor. Preferiria não ouvi-los mais, da mesma maneira como, de olhos cerrados, não os via.

E, no mesmo instante, ele despertou muito longe, feliz, como havia sido outrora.

— E depois, o que mais aconteceu? — ela lhe perguntou em tom de brincadeira, sorrindo. — Que outra tragédia?

— Eu não disse que era uma tragédia, mas, de certo modo, era isso: você se apaixonar pelas ciências, e não ter outro desejo senão dedicar a vida à ciência...

— De que ciência você está falando? — ela o interrompeu. — Da matemática ou da língua chinesa?

— Das duas e de todas as que eu ia descobrindo, uma após outra, e que me apaixonavam à medida que as descobria...

Ela pôs a mão sobre o seu braço, para que ele não se irritasse com a nova interrupção:

— Matemática eu até entendo, porque, sem vocação, seria inútil continuar persistindo. Mas chinês?...

Ele não sabia por que explodira em gargalhadas. Talvez por achar engraçado o modo como ela pronunciara "mas chinês?".

— Pensei que tivesse lhe contado. Faz dois anos, no outono, quando estive em Paris, assisti a um curso do Chavannes. Depois da aula, fui ter com ele em seu escritório; perguntou-me há quanto tempo eu estava estudando chinês, e que outras línguas orientais eu conhecia. Não vem ao caso relatar toda a conversa. Mas uma coisa ele me fez entender: se dentro de alguns anos — veja bem, de alguns anos! — eu não dominasse o sânscrito, o tibetano e o japonês, além do chinês, jamais me tornaria um grande orientalista...

— Certo, mas você deveria ter respondido que queria estudar só a língua chinesa...

— Foi o que eu lhe disse, mas não adiantou. De qualquer modo, eu também teria de estudar japonês e um monte de línguas e dialetos sul-asiáticos... Mas não foi isso o mais importante, e sim outra coisa. Quando eu disse que estudava chinês fazia cinco meses, ele se dirigiu à lousa e escreveu uns vinte ideogramas; então me mandou pronunciá-los um a um e, em seguida, traduzir a passagem. Pronunciei-os como pude, e traduzi alguma coisa, mas não tudo. Ele sorriu, amável: "Nada mau", disse. "Mas se depois de cinco meses... Quantas horas por dia?" "Pelo menos seis horas", respondi. "Então a língua chinesa não é para o senhor. Deve faltar-lhe a memória visual necessária... Meu caro", acrescentou com um sorriso ambíguo, afetuoso e ao mesmo tempo irônico, "meu caro, para dominar a língua chinesa, é necessária uma memória de mandarim, uma memória fotográfica. Sem ela, o senhor será obrigado a fazer um esforço triplo, quádruplo. Não creio que valha a pena..."

— Então, no fundo, é uma questão de memória...

— De *memória fotográfica* — repetiu com gravidade, frisando as palavras.

Ouviu várias vezes a porta se abrindo e fechando, e mais alguns ruídos e vozes desconhecidas:

— Vamos ver o que diz o professor. Por mim, confesso com toda a sinceridade...

A mesma coisa, sempre a mesma coisa! Mas daquela voz ele gostava; tratava-se, sem dúvida, de um médico jovem, vivaz, generoso, apaixonado pela profissão.

— ... a pele queimou por completo e, contudo, ele sobrevive há doze horas e, pelo que conseguimos observar, sem sofrimento... Você lhe aplicou alguma injeção?

— Uma, hoje de manhã. Tive a impressão de que gemia. Mas talvez gemesse durante o sono...

— Sabe-se algo sobre ele? Foi encontrada alguma coisa perto dele?

— Só o cabo do guarda-chuva, o resto ficou carbonizado. Curioso, justamente o cabo, um cabo de madeira... As roupas viraram cinzas; o que a água da chuva não tinha levado acabou se desfazendo dentro do carro...

Imaginava que devia ter sido assim e, contudo, ao ouvir as explicações do plantonista, tranquilizou-se: pois então aqueles dois envelopes que estavam no bolso também tinham virado cinzas... Sem querer, pois por descuido não fechara bem a porta atrás de si, ele ouviu: "O Venerável caducou de vez! Ele já nos disse isso umas três, quatro vezes...". Era verdade. Ficara impressionado com a informação que lera no

La Fiera Letteraria: que Papini[2] estava quase cego e que nenhum cirurgião ousava operá-lo. Para um leitor ávido e incansável como Papini, a tragédia era sem igual. Por isso só falava dela. Mas talvez Vaian também tivesse razão: "Estou caducando...".

Então ouviu a voz dela outra vez:

— E que outra tragédia lhe aconteceu? Desistiu da língua chinesa. E depois?

— Na verdade, não desisti; fui adiante, estudando dez, quinze ideogramas por dia, mas isso mais por prazer pessoal e porque me ajudava a compreender as traduções dos textos que eu estava lendo... No fundo, era um diletante...

— Tanto melhor! — exclamou Laura, pondo novamente a mão em seu braço. — Alguém tem que desfrutar, com inteligência e imaginação, das descobertas feitas pelos seus grandes eruditos. Parabéns por ter abandonado o chinês... Mas, então, quais são as outras tragédias?

Ele a fitou por um bom tempo. Não era nem de longe a mais bela estudante que conhecera, mas era diferente. Não entendia o que o atraía nela, por que ele a procurava sempre, percorrendo as salas de aula onde não pisava já fazia três, quatro anos, desde que se formara. Sabia que podia encontrá-la sempre no curso de Titu Maiorescu.[3] Encontrou-se com ela uma hora antes e, como de costume, acompanhando-a no caminho de casa, detiveram-se no parque Cismigiu,[4] num banco em frente ao lago.

---

[2] Giovanni Papini (1881-1956), poeta, narrador, jornalista e crítico italiano, de grande prestígio nas primeiras décadas do século XX; bastante admirado por Mircea Eliade. (N. do T.)

[3] Titu Liviu Maiorescu (1840-1917), importante filósofo, jurista, crítico literário e político romeno. (N. do T.)

[4] O mais antigo parque de Bucareste. Em sua forma atual, com seus dezessete hectares planejados pelo paisagista vienense Friedrich Wilhelm Meyer, foi inaugurado em 1854. Pronuncia-se "Tchismidjíu". (N. do T.)

— Quais são as outras tragédias? — ela repetiu, sem afastar os olhos dele, calma e sorridente.

— Já lhe disse que, desde a época do liceu, eu gostava de música e matemática, além de história, arqueologia, filosofia. Queria ter aprendido todas essas disciplinas; claro que não como um especialista, mas com rigor, trabalhando diretamente nos textos, pois tenho horror à improvisação e à cultura de ouvido...

Ela o interrompeu, erguendo os braços como um moleque.

— Você é o homem mais ambicioso que já conheci! Ambicioso e maluco! Sobretudo maluco!

Conhecia bem as vozes delas, e aprendera a distingui-las. Eram três enfermeiras de dia e duas de noite.

— Será uma sorte se ele falecer por estes dias. Pois é assim que se costuma dizer: quem morre na Semana Santa, vai direto para o Paraíso.

"É uma boa alma, se compadece de mim. É melhor do que todas as outras, pois está preocupada com a salvação da minha alma... Mas... e se lhe passar pela cabeça arrancar da veia a agulha da seringa? Eu certamente sobreviveria até a manhã seguinte, quando chega o médico. E se ele não perceber, o professor vai perceber. O único que está humilhado, desesperado porque não compreende; o único que quer me manter vivo a qualquer custo e descobrir o que aconteceu." Ele o ouvira dizer um dia — desistira de se perguntar *quando* —, o ouvira dizer, depois de roçar suas pálpebras com infinita prudência:

— O olho parece intacto, mas, se ficou cego ou não, não sabemos. Aliás, não sabemos mais nada...

Já tinha ouvido isso antes: "Não sabemos nem mesmo se está ou não consciente, se ouve e *compreende* o que ouve...", dissera então o professor. Não era culpa dele. Várias vezes, até aquele momento, ele havia reconhecido sua voz e compreendido perfeitamente o que dizia. "Se você está me ouvindo", gritou o professor, "aperte meu dedo." Mas ele não sentia seu dedo. Queria apertá-lo, mas não sabia como.

Dessa vez, ele acrescentou:

— Se conseguirmos mantê-lo vivo por mais cinco dias...

Dentro de cinco dias, descobrira um dos assistentes, chegaria de Paris, de passagem rumo a Atenas, o professor Gilbert Bernard, o maior especialista...

— ... sobretudo ambicioso! — repetiu Laura. — Você quer ser o mesmo que tantos outros: filólogo, orientalista, arqueólogo, historiador e não sei o que mais. Ou seja, você quer viver uma vida alheia, uma vida que não é a sua, em vez de ser você mesmo, Dominic Matei, e cultivar apenas seu próprio gênio...

— Meu próprio gênio? — exclamou afetando timidez para disfarçar sua alegria. — Subentende-se, portanto, que eu teria gênio...

— De certo modo, sem dúvida. Você não se parece com nenhum dos homens que conheci até agora. Você vive e entende a vida de um modo diferente do nosso...

— Mas até agora, aos vinte e seis anos, não fiz nada, a não ser passar com boas notas em todos os exames. Não descobri nada, nem mesmo uma interpretação original para o Canto XI do *Purgatório*, que traduzi e comentei...

Pareceu-lhe que Laura o fitava triste, de certo modo desapontada.

— Por que você teria que descobrir alguma coisa? Seu gênio deve se realizar na vida que você vive, não em análises, descobertas e interpretações originais. Seu modelo deveria ser Sócrates, ou Goethe; mas um Goethe *sem uma única obra escrita*!

— Não estou entendendo muito bem — disse, emocionado.

— Vocês todos estão entendendo? — perguntou o professor.

— Eu não estou entendendo direito, muito menos quando fala tão rápido...

Ele entendia muito bem. O francês do professor Stanciulescu era impecável; sem dúvida estudara em Paris. Parecia falar com mais precisão e elegância que Bernard, o grande especialista. Este era, provavelmente, de origem estrangeira, e em suas frases lentas, hesitantes, percebia-se que — como Vaian costumava dizer sobre o ex-diretor do liceu, sempre que tinha de tomar uma decisão grave e urgente — não ousava se pronunciar.

— Quando o senhor teve certeza de que ele estava consciente?

— Só anteontem — disse o professor. — Todos os exames anteriores haviam sido inconcludentes.

— E o senhor *tem certeza* de que ele apertou seu dedo? O senhor *sentiu* ele apertar seu dedo em resposta à sua pergunta? Não teria sido um gesto reflexo, involuntário, portanto irrelevante?

— Repeti várias vezes a experiência. Se o senhor quiser verificar pessoalmente, fique à vontade...

Sentiu, como já tantas vezes ultimamente, o dedo introduzindo-se aos poucos, com extrema precaução, por entre seus dedos cerrados em punho. Depois, ouviu a voz do professor:

— Se está me ouvindo, aperte meu dedo!

Apertou-o, talvez forte demais, pois o doutor Bernard o retirou rapidamente, surpreso. Logo em seguida, porém, depois de sussurrar: "*Traduisez, s'il vous plaît*",[5] ele o introduziu de novo e disse, pronunciando as palavras clara e pausadamente: "*Celui qui vous parle est un médecin fran-*

[5] Em francês no original: "Traduza, por favor". (N. do T.)

çais. *Accepteriez-vous qu'il vous pose quelques questions?*".[6] Antes que o professor terminasse de traduzir a pergunta, apertou seu dedo com a mesma força de antes. Desta vez o professor não retirou o dedo, e perguntou: "*Vous comprenez le français?*".[7] Ele apertou de novo, mas com menos convicção. Após hesitar por alguns instantes, o doutor Bernard perguntou: "*Voulez-vous qu'on vous abandonne à votre sort?*".[8] Com uma espécie de volúpia ele manteve a mão inteiramente inerte, como se fosse de gesso. "*Vous préférez qu'on s'occupe de vous?*"[9] Apertou-o com força. "*Voulez-vous qu'on vous donne du chloroforme?*"[10] Imobilizou de novo a mão e a manteve assim, sem o menor estremecimento, enquanto escutava as últimas perguntas: "*Etes-vous Jésus-Christ? Voulez-vous jouer du piano? Ce matin, avez-vous bu du champagne?*".[11]

Naquela noite, todos estavam em torno deles com taças de champanhe na mão, gritando-lhes com uma triste e medíocre inconveniência, que surpreendeu a ambos: "Não bebam mais champanhe até chegarem a Veneza, senão vão passar mal!". "Temo que eles é que tenham bebido mais champanhe do que deveriam", disse Laura depois que o trem partiu.

Então ele ouviu a voz do professor:

— Vamos tentar de novo. Talvez ele não tenha entendido bem a sua pergunta. Vou perguntar-lhe em romeno.

---

[6] "Este que lhe fala é um médico francês. O senhor concordaria em que lhe fizesse algumas perguntas?" (N. do T.)

[7] "O senhor entende francês?" (N. do T.)

[8] "Quer que o abandonemos à sua própria sorte?" (N. do T.)

[9] "Prefere que cuidemos do senhor?" (N. do T.)

[10] "Quer que lhe ministremos clorofórmio?" (N. do T.)

[11] "O senhor é Jesus Cristo? Quer tocar piano? Hoje de manhã o senhor bebeu champanhe?" (N. do T.)

E continuou, levantando a voz:

— Queremos descobrir a sua idade. Para cada dez anos, aperte meu dedo uma vez.

Ele apertou seis vezes, cada vez mais forte, e então parou, sem mais nem menos.

— Sessenta anos? — admirou-se o professor. — Eu lhe daria menos...

— Nesse estado larval — ouviu a voz de Bernard — é difícil dizer. Pergunte a ele se está cansado, se podemos continuar...

Continuaram o diálogo por mais meia hora, descobrindo que não morava em Bucareste, que só tinha um parente distante, e não fazia questão de avisá-lo sobre o acidente; e que aceitava submeter-se a qualquer teste, por mais arriscado que fosse, para verificar se o nervo ótico fora ou não atingido. Para sua sorte, não lhe fizeram mais perguntas, pois ele provavelmente não as teria ouvido. A cegueira que ameaçava Papini fora o primeiro sinal. Naquela semana, ele pensara que talvez não se tratasse da inevitável decrepitude da velhice, pois, se repetia a todo momento a história de Papini (o Papini que nenhum cirurgião se atrevia a operar...), era porque o preocupava a tragédia de um de seus escritores favoritos. Mas logo se deu conta de que estava tentando enganar a si próprio. Um ano antes, o doutor Neculache reconhecera que, por enquanto, a arteriosclerose era incurável. Não lhe dissera que a arteriosclerose também o ameaçava, mas acrescentou:

— A partir de certa idade, é bom ficar atento. Eu também tenho perdido a memória — continuou, sorrindo com tristeza. — Já faz algum tempo que não consigo memorizar os versos dos poetas mais jovens que descubro e de que passo a gostar.

— Nem eu — interrompera-o. — Eu sabia de cor quase todo o *Paraíso*, mas agora... E, quanto aos jovens escritores, depois que os leio, não guardo quase nada...

E no entanto... nesses últimos tempos, deitado na cama com os olhos fechados, lembrava-se com facilidade de vários livros lidos recentemente, e recitava em pensamento poemas de Ungaretti, Ion Barbu e Dan Botta,[12] textos que ele nem sabia que alguma vez tivesse decorado... Quanto ao *Paraíso*, já havia vários dias e noites que adormecia recitando seus tercetos favoritos. Foi tomado de repente por um espanto incompreensível, pois parecia resultar justamente da alegria dessa descoberta. "Não vou pensar mais nisso!", ordenou a si mesmo. "Devo pensar em outra coisa!..." Entretanto, já havia muito tempo não fazia senão recitar poemas e recontar os livros que lera. "Como eu sou tolo! Assustei-me à toa..." Se bem que, uma manhã, ao sair de casa e ganhar a rua, ele se esquecera aonde queria ir... "Quem sabe tenha sido apenas um episódio isolado. Talvez eu estivesse cansado, ainda que sem motivo..."

— No fundo, o grande especialista não esclareceu muita coisa — ouviu a voz de um dos plantonistas.

— Mas ele disse que há registro de casos semelhantes. Por exemplo, o daquele pastor suíço, quase totalmente queimado por um raio e que, apesar disso, ainda viveu por muitos anos. É verdade que ele ficou mudo. Assim como o nosso, provavelmente — acrescentou, baixando a voz.

— Não diga isso, que talvez ele possa nos escutar — sussurrou alguém que não conseguiu identificar.

— É justamente o que eu quero, que ele me escute, para ver sua reação. Quem sabe se, apesar de tudo, não ficou mudo...

Involuntariamente, sem saber o que fazia, começou pouco a pouco a destravar os maxilares. Nesse instante, ouviu

---

[12] Giuseppe Ungaretti (1888-1970), poeta e escritor italiano; Ion Barbu, pseudônimo do matemático e poeta romeno Dan Barbilian (1895-1961); Dan Botta (1907-1958), poeta romeno, tradutor das obras de Edgar Allan Poe. (N. do T.)

uns estalos estranhamente fortes nos ouvidos, como se um trem carregado de ferro-velho despencasse do alto de um penhasco e caísse bem ao seu lado, à direita e à esquerda. Mesmo aturdido pelo eco das explosões que se prolongavam indefinidamente, continuou a abrir a boca. E de repente puderam ouvi-lo dizer "*Não!*", e repetir a palavra várias vezes. E então, após uma breve pausa, acrescentou: "*Não mudo*". Notava-se que ele quisera dizer "Não estou mudo", mas não conseguira pronunciar a palavra "estou". Pela agitação que tomou conta do quarto e pelo estrondo da porta se abrindo e fechando, deduziu que aquelas duas palavras haviam causado rebuliço. Mantinha a boca bem aberta, mas não se atrevia mais a mexer a língua. Quando o doutor Gavrila — seu preferido, pois desde o início lhe transmitira a certeza de ser médico por vocação — aproximou-se do leito, ele repetiu mais uma vez as palavras, e então pôde entender por que era tão difícil pronunciá-las: a cada movimento da língua, sentia alguns dentes balançarem, como se fossem cair.

— Era isso, então — murmurou Gavrila. — Os dentes. Inclusive os molares — acrescentou, com ar preocupado. — Telefonem para o doutor Filip: que mande alguém com urgência; o ideal é que viesse ele mesmo, mas que traga todo o instrumental necessário...

Ouviu-o de novo, em seguida, ao longe:

— Estão quase caindo. Se engolisse com mais força, poderia ter engasgado com algum molar... Avisem o professor.

Sentiu a pinça prender um dos incisivos e puxá-lo sem nenhum esforço. Começou a contar: em poucos minutos, com a mesma facilidade, o doutor Filip lhe extraiu catorze dentes.

— Não estou entendendo o que houve. As raízes estão saudáveis. É como se tivessem sido empurrados por vários dentes do siso. Mas isso é impossível. Vamos fazer uma radiografia...

O professor se aproximou do leito e pôs dois dedos sobre sua mão direita.

— Tente dizer algo, qualquer palavra, qualquer som.

Tentou, movendo a língua, dessa vez sem medo, mas sem conseguir dizer o que queria. Por fim, resignado, começou a pronunciar, ao acaso, palavras curtas: aço, cuco, boi, um, pena, baba...

Na terceira noite, teve um sonho que recordou por completo. Havia voltado inesperadamente a Piatra Neamt,[13] e se encaminhava para o liceu. Quanto mais perto chegava, maior era o número de transeuntes. Reconheceu na calçada vários de seus ex-alunos, com a mesma aparência de quando se despedira deles, dez, vinte ou vinte e cinco anos atrás. Agarrou um deles pelo braço: "Mas aonde é que vocês estão indo, Teodorescu?", perguntou-lhe. O rapaz fitou-o longamente, sorrindo meio sem jeito; não o reconhecera. "Estamos indo para o liceu. Hoje comemoramos o centenário do Professor Dominic Matei."

"Não gosto nem um pouco desse sonho", repetiu inúmeras vezes. "Não sei por quê, mas não gosto dele..." Esperou a enfermeira sair e, com emoção e muito cuidado, como vinha fazendo já havia alguns dias, começou a entreabrir as pálpebras. Uma noite, ele despertara vendo uma mancha luminosa, azulada, sem se dar conta de que abrira os olhos e sem compreender o que via. Sentira o coração disparar sobressaltado e fechara os olhos rapidamente. Mas, na noite seguinte, tornara a despertar fitando de olhos abertos a mesma mancha luminosa e, sem saber o que fazer, começara a contar em silêncio. Ao chegar ao número 72, compreendera, bruscamente, que a luz vinha do abajur no fundo do quarto. Controlando a alegria a duras penas, pusera-se a observar, sem pressa, parede por parede, o aposento em que se encontrava, para onde fora transportado na véspera da visita do

---

[13] Cidade na Moldávia setentrional, atual capital da unidade administrativa Neamt, situada nos Cárpatos orientais. Por vezes abreviada simplesmente como Piatra. Pronuncia-se "Piatra Neamtz". (N. do T.)

doutor Bernard. Desde então, sempre que ficava sozinho, sobretudo à noite, ele abria os olhos, mexia a cabeça levemente, depois os ombros, e começava a analisar as formas e as cores, a penumbra e as sombras que o rodeavam. Nunca imaginara que tal estado de beatitude estivera sempre ao seu alcance, bastando apenas observar, atenta e detalhadamente, os objetos a sua volta.

— Por que não nos deu a entender que *podia* abrir os olhos? — ouviu a voz de um dos médicos e, no instante seguinte, o viu: era quase como o reconstituíra mentalmente pela inflexão da voz: alto, moreno, magro, com uma calva incipiente.

Ele, portanto, vinha suspeitando de algo e o espreitava já havia algum tempo, no intuito de surpreendê-lo.

— Nem eu sei — respondeu, pronunciando as palavras parcialmente. — Talvez quisesse primeiro convencer a mim mesmo de que não perdera a visão...

O médico o fitava, com um sorriso vago.

— Você é um sujeito curioso. Quando o professor lhe perguntou sua idade, você respondeu: sessenta.

— Sou mais velho...

— Difícil de acreditar. Você deve ter ouvido o comentário das enfermeiras...

Com um gesto contrito, de aluno arrependido, inclinou a cabeça. Ouvira quando disseram: "Quanto ele disse que tinha? Sessenta?! Esse aí está mentindo a idade. Você mesma acabou de ver, quando eu o lavava; é moço, na flor da idade, não deve ter nem quarenta...".

— Não pense que o espionei para contar tudo à Direção. Mas sou obrigado a informar o fato ao professor. E é ele quem vai decidir...

Em outra ocasião ele teria ficado com raiva ou com medo, mas agora se pegou recitando, primeiro em silêncio, depois movendo lentamente os lábios, um de seus poemas favoritos, *La morte meditata*, de Ungaretti:

"*Sei la donna che passa*
Come una foglia
E lasci agli alberi un fuoco d'autunno..."[14]

Recordou que, quando lera o poema pela primeira vez, fazia muitos anos que haviam rompido: quase vinte e cinco. Lendo-o, entretanto, pensou nela. Não sabia se ainda era o mesmo amor do início, se ainda a amava como confessara amá-la na manhã de 12 de outubro de 1904, depois de saírem do tribunal e se dirigirem ao parque Cismigiu. Na despedida, ele, depois de beijar-lhe a mão, acrescentou: "Desejo-lhe... enfim, sabe o que quero dizer... Mas queria que soubesse mais uma coisa: que vou amar você até o fim da vida...". Não tinha certeza se ainda a amava, mas fora nela que pensara ao ler:

"*Sei la donna che passa...*"

— O senhor decidiu, então, que está fora de perigo.

Foi com essas palavras que o professor o saudou na manhã seguinte, aproximando-se dele com um sorriso. Era mais imponente do que imaginara. Não era muito alto, mas o modo como mantinha a cabeça erguida, o corpo reto — como se estivesse num desfile militar —, dava-lhe um ar marcial que o intimidava. Se não tivesse o cabelo quase todo branco, sua aparência seria severa. Mesmo quando sorria, permanecia grave, distante.

— Agora você começa mesmo a se tornar um "caso interessante" — acrescentou, sentando-se na cadeira em frente à cama. — Creio que entende por quê. Até este momento ninguém encontrou uma explicação plausível, nem aqui, nem no estrangeiro. Ao ser atingido pelo raio, você deveria ter morrido na hora, ou dez, quinze minutos depois, de asfixia. Na

[14] Em italiano no original: "És a mulher que passa/ Como uma folha/ E deixas nas árvores um fogo de outono...". (N. do T.)

melhor das hipóteses, deveria ter ficado paralítico, mudo ou cego... Os enigmas que seu caso nos depara multiplicam-se a cada dia. Não sabemos ainda por causa de que reflexo você não pôde abrir a boca durante vinte e três dias e teve de ser alimentado por soro. Provavelmente você conseguiu abri-la quando teve de eliminar os dentes que as gengivas não podiam mais segurar. Tínhamos pensado em confeccionar uma prótese para que você pudesse comer e, sobretudo, falar normalmente. Mas por enquanto não podemos fazer nada, as radiografias revelam que está se preparando para o surgimento de uma nova dentição, que deve ocorrer em breve.

— Impossível! — exclamou, pasmo, silabando a palavra com ênfase.

— O mesmo dizem todos os médicos e todos os dentistas, que é simplesmente impossível. As radiografias, porém, não podem ser mais claras... É por isso que eu digo que agora seu caso começa a se tornar realmente interessante: não se trata mais de um "morto em vida", mas de outra coisa completamente diferente; o quê, exatamente, ainda não sabemos...

"Preciso ser prudente, evitar qualquer erro que me denuncie... A qualquer momento vão perguntar meu nome, endereço, profissão. Mas, pensando bem, o que eu teria a temer? Não fiz nada. Ninguém sabe da existência do envelope branco, nem do envelope azul..." Sem entender por quê, no entanto, ele queria manter o anonimato a qualquer preço, assim como no início, quando lhe gritavam: "Está me ouvindo ou não? Se você estiver me ouvindo, aperte meu dedo...". Por sorte, agora, sem dentes, falava com dificuldade. Seria fácil fingir, deformando as poucas palavras que conseguia pronunciar. Mas e se lhe pedirem que escreva? Olhou atentamente, como que pela primeira vez, para o braço e a mão direita. A pele era lisa, bem esticada, fresca, e começava a recuperar a cor de outrora. Apalpou o braço, devagar, com cautela, até a altura do cotovelo e, depois, com dois dedos, acariciou o bíceps. Que curioso! Talvez a imobilidade quase absoluta, de quase quatro semanas, e aqueles líquidos nutritivos que lhe haviam sido injetados diretamente na veia... "Esse aí é moço, na flor da idade!", dissera a enfermeira. E, um dia antes, ele ouvira a porta abrir-se com prudência, passos se aproximando do leito, o médico cochichando: "Está dormindo, não o acorde" e, depois, uma voz desconhecida, rouca: "Não pode ser ele... Será preciso, contudo, vê-lo sem barba... Mas o indivíduo que estamos procurando é estudante, não tem mais do que vinte e dois anos, e este parece ser mais velho, com quase quarenta..."

Então voltou a recordar a tempestade.

— O mais curioso — dissera um dos residentes — é que só choveu lá por onde ele passou: da Gara de Nord[15] até as proximidades da avenida Elisabeta. Foi uma pancada de chuva como em pleno verão, que durou o bastante para inundar a avenida, mas a poucas centenas de metros dali não caiu nem um pingo.

— É verdade — continuou alguém —, eu passei por lá quando voltava da igreja, e a água da avenida nem tinha escoado ainda...

— Há quem diga que tentaram executar um atentado, pois parece que encontraram não sei quantas bananas de dinamite, mas a tempestade inesperada parece ter feito os terroristas desistirem no último momento.

— Isso pode ser também uma invenção da Siguranta[16] para justificar a prisão de estudantes...

Depois, todos se calaram, bruscamente.

"Preciso ter cuidado", disse para si mesmo. "Que não me confundam com algum dos legionários[17] foragidos que a

---

[15] Principal estação ferroviária de Bucareste. (N. do T.)

[16] Denominação da polícia secreta romena no entreguerras. Pronuncia-se "Sigurantza". (N. do T.)

[17] Membros do Movimento Legionário, também conhecido como

Siguranta anda procurando. Senão vou ter de lhes dizer quem sou. Vão me mandar para Piatra, para averiguações. E então..." Mas, como de costume, conseguiu se livrar do pensamento que o irritava. Pôs-se a recitar o Canto XI do *Purgatório* e, depois, evocou a *Eneida*: "*Agnosco veteris vestigia flammae...*".[18]

— Você é demais, Dominic: pula de um livro a outro, de uma língua a outra, de uma ciência a outra. Talvez tenha sido por isso que vocês se separaram — acrescentou Nicodim, com um sorriso triste.

Ele não se irritou nessa ocasião. Gostava de Nicodim, era um moldavo bom, honesto e tranquilo.

— Não, Nicodim, o manual de língua japonesa não tem nada a ver com a nossa separação...

— Mas por que o manual de japonês? — perguntou-lhe, surpreso, Nicodim.

— Eu pensei que estava se referindo a ele por causa do boato que circulava pela cidade...

— O que quer dizer?

— Bem, dizem que um dia, eu mal tinha entrado em casa e abri um manual de língua japonesa; ao me ver abrir imediatamente o caderno e começar a estudar, Laura teria dito... bem, teria dito que eu começo muitas coisas e não termino nenhuma, e que essa teria sido a causa do nosso rompimento...

— Não, não ouvi nada disso. O que eu ouvi certas pessoas comentarem, sim, foi que a senhorita Laura se cansou das suas aventuras galantes, sobretudo quando, no verão pas-

---

Guarda de Ferro, grupo nacionalista romeno criado em 1927 por Corneliu Zelea Codreanu (1899-1938). (N. do T.)

[18] Em latim no original: "Reconheço os sinais da antiga chama", ou seja, "sinto como desperta outra vez o fogo da paixão"; verso que se encontra no segundo livro da *Eneida*, de Virgílio, e é retomado por Dante no Canto XXX do *Purgatório*, na *Divina Comédia*. (N. do T.)

sado, em Bucareste, você andou atrás de uma francesinha que dizia ter conhecido na Sorbonne...

— De modo algum — disse com voz arrastada, levantando os ombros. — Essa é outra história. É verdade que Laura suspeitava de alguma coisa, pois ficara sabendo de um caso anterior, mas ela é uma mulher inteligente, sabe que é só a ela que eu amo, e que as outras, enfim... Mas devo lhe dizer que continuamos sendo muito bons amigos.

Porém não lhe disse mais nada. Não se abrira a ninguém, nem mesmo a Dadu Rares, seu melhor amigo, que viria a morrer de tuberculose doze anos mais tarde. Dadu, no entanto, talvez tivesse sido o único a saber a verdade. Talvez a própria Laura tivesse lhe confessado alguma coisa, pois os dois se davam muito bem.

— Estou ouvindo — disse o professor, com uma leve irritação na voz. — Estou ouvindo e não entendo. De uns dias para cá, nenhum progresso. Parece-me até mesmo que semana passada você conseguia pronunciar certas palavras que hoje... É necessário que você colabore um pouco. Não tenha medo dos jornalistas. As ordens são estritas: ninguém vai entrevistá-lo. Claro, seu caso era extraordinário demais para que passasse despercebido na cidade. Notícias e artigos foram publicados em vários jornais, a maior parte deles absurdos, ridículos. Mas, voltando, é necessário que você colabore um pouco, precisamos saber mais: de onde você é, quem você é, qual sua profissão e tudo o mais.

Balançou a cabeça lentamente e repetiu várias vezes:

— Está bem! Está bem!

E pensou consigo mesmo: “A brincadeira está ficando cada vez mais séria; preciso ficar atento”.

Para sua sorte, na manhã seguinte, ao passar a língua pela gengiva, sentiu a ponta do primeiro canino. Com ar inocente, mostrou-o à enfermeira e depois aos médicos, fingindo que aquilo o impedia de pronunciar qualquer coisa. Mas os dentes apareciam rapidamente, um após o outro. Até o final da semana, todos já haviam despontado. Todas as manhãs um dentista vinha examiná-lo e tomar notas para um artigo que estava preparando. Durante alguns dias, sofreu de uma gengivite e, mesmo que quisesse, não poderia ter falado muito bem. Foram os dias mais tranquilos, pois se sentia de novo protegido, a salvo de surpresas. Sentia também uma energia e uma confiança que não experimentava desde o tempo da guerra, quando, em Piatra Neamt, organizava um "movimento de Renascença cultural" (assim descrito pelos jornais locais) sem igual em toda a Moldávia. O próprio Nicolae Iorga[19] o mencionara, em termos elogiosos, numa conferência no liceu. Este passara uma parte da tarde em sua casa e não ocultara sua surpresa ao descobrir seus milhares de volumes de orientalismo, filologia clássica, história antiga, arqueologia.

— Por que não escreve, *colega*? — perguntou-lhe Iorga várias vezes.

— Eu trabalho, senhor professor, labuto já há uns dez anos para terminar uma obra...

Nesse ponto, Davidoglu o interrompeu com sua indefectível piada:

— Pergunte-lhe que tipo obra é essa, senhor professor. *De omni re scibili!...*[20]

Era uma de suas velhas piadas, que todos repetiam sempre que o viam entrando na sala dos professores carregando uma pilha de livros novos, que acabara de receber de Paris, Leipzig ou Oxford.

---

[19] Nicolae Iorga (1871-1940), historiador, poeta, crítico literário e político, considerado o "Voltaire romeno" dos primeiros decênios do século XX. Primeiro-ministro e ministro da Educação em 1931-32, morreu assassinado pelos legionários. (N. do T.)

[20] Em latim no original: "Sobre todas as coisas que se podem conhecer"; lema do erudito e filósofo neoplatônico Pico della Mirandola (1463-1494). (N. do T.)

— Quando é que você vai parar com isso, Dominic? — perguntavam-lhe.

— Como assim parar, se eu nem cheguei à metade do caminho?...

Na verdade, ele sabia que, tendo gastado antes da guerra o pequeno patrimônio que lhe restava, em livros caros e viagens de estudo, era obrigado a permanecer lá, como professor do liceu, e a consagrar quase todo seu tempo às aulas. E fazia muito que o latim e o italiano não lhe interessavam mais; se pudesse, daria aulas de História da Civilização ou de Filosofia.

— Desse seu jeito, querendo fazer de tudo, nem dez vidas lhe bastarão...

Uma vez ele respondeu, quase convicto:

— Uma coisa pelo menos é certa: para a filosofia, não há necessidade de dez vidas...

— *Habe nun ach! Philosophie... durchaus studiert!*[21] — citou solenemente o professor de Alemão. — O resto você sabe — acrescentou.

Graças à indiscrição dos assistentes, foi capaz de entender por que o professor Stanciulescu estava nervoso: Bernard lhe pedia sempre informações mais amplas e precisas. "*En somme, qui est ce Monsieur?*",[22] perguntou-lhe numa carta.

---

[21] Alusão à célebre fala do Doutor Fausto que consta da primeira parte do *Fausto*, de Goethe: "*Habe nun, ach! Philosophie,/ Juristerei und Medizin,/ Und leider auch Theologie/ Durchaus studiert, mit heissem Bemühn./ Da steh ich nun, ich armer Tor!/ Und bin so klug als wie zuvor!*". Na tradução de Jenny Klabin Segall: "Ai de mim! da filosofia,/ Medicina, jurisprudência,/ E, mísero eu! da teologia,/ O estudo fiz, com máxima insistência./ Pobre simplório, aqui estou/ E sábio como dantes sou!". (N. do T.)

[22] Em francês no original: "Afinal, quem é esse senhor?". (N. do T.)

("Mas não há certeza quanto a isso", observou alguém. "Isso é o que diz o doutor Gavrila, mas nem mesmo ele viu essa carta.") Claro que Bernard sabia fazia tempo que o desconhecido que examinara no começo de abril não havia perdido a visão e começara a falar. Agora ele estava mais curioso do que nunca. Queria saber não apenas das etapas do restabelecimento físico, mas também todos os detalhes possíveis sobre suas capacidades mentais. O fato de ele compreender o francês o fazia supor que possuía uma certa cultura. Queria saber quanto dela fora preservado e quanto se perdera. Propôs uma série de testes: de vocabulário, sintaxe, associações verbais.

— Mas quando é que você vai terminar?

— Ainda preciso escrever a primeira parte; as outras partes — Antiguidade, Idade Média e Era Moderna — já estão quase prontas. Mas a primeira parte, sabe, as origens — origem da linguagem, da sociedade, da família, de todas as outras instituições... Isso exige anos e anos de pesquisa. E com as nossas bibliotecas provincianas... Antes eu comprava o que podia, mas agora, nesta penúria...

Na verdade, quanto mais o tempo passava, mais claramente ele compreendia que não chegaria a concluir seu único livro, a obra de sua vida. Despertou certa manhã com um gosto de cinza na boca. Tinha quase sessenta anos e não terminara nada do que havia começado. E seus "discípulos", como costumava chamar alguns de seus colegas mais jovens, deslumbrados, que se reuniam ao menos uma noite por semana na biblioteca para ouvi-lo discorrer sobre os imensos problemas que tinha por diante, esses discípulos se dispersaram com o passar dos anos, mudando-se para outras cidades. Não restava nenhum a quem pudesse confiar ao menos seus manuscritos e todo o material acumulado.

Desde que ouvira dizer que, no café, era chamado de "O Venerável" ou "Papa Dominic", ele se deu conta de que o prestígio obtido na época da guerra, quando Nicolae Iorga o elogiara no início de sua conferência e, de Iasi,[23] lhe enviava de vez em quando um estudante para lhe pedir livros, esse prestígio começava a se desvanecer. Aos poucos, percebeu que na sala dos professores ou no café Select ele não era mais o centro das atenções, que não brilhava mais como outrora. E mais recentemente, desde que ouvira Vaian comentar "O Venerável caducou de vez!", ele quase não se atrevia mais a falar com ele sobre os novos livros que estava lendo, ou sobre os artigos da *N.R.F.*, *Criterion* ou *La Fiera Letteraria*. E depois se seguiram, um após outro, o que ele chamava, em sua linguagem secreta, de "lapsos de consciência".

— Mas o que você está fazendo aqui, Matei?

— Dando uma volta. Estou de novo com enxaqueca, por isso saí para passear um pouco...

— Mas assim, de pijama, às vésperas do Natal? Cuidado para não se resfriar!...

No dia seguinte, toda a cidade já sabia do acontecido. Provavelmente já estavam à espera dele no café, para puxar por sua língua, mas ele não passou por lá, nem no dia seguinte.

— Na primeira oportunidade! — exclamou uma tarde, em frente ao café Select, sorrindo. — Na primeira oportunidade!...

— O que é que vai acontecer na primeira oportunidade? — indagou Vaian.

De fato, o que é que vai acontecer? Fitava-o com expressão séria, tentando se lembrar. Por fim, deu de ombros e voltou para casa. Só ao pôr a mão na maçaneta é que se lembrou: na primeira oportunidade, abriria o envelope azul. "Mas não aqui, onde todo mundo me conhece. Longe, em outra cidade. Bucareste, por exemplo."

---

[23] Capital da Moldávia entre 1564 e 1861, foi o primeiro centro universitário da Romênia. Pronuncia-se "Iach". (N. do T.)

Uma manhã, pediu à enfermeira papel, lápis e um envelope. Escreveu algumas linhas, fechou o envelope e o endereçou ao professor. Então pôs-se a esperar, sentindo o coração bater acelerado. Desde quando não era tomado por tamanha emoção? Talvez desde aquela manhã em que soubera que a Romênia havia declarado mobilização geral. Ou mais longe no tempo, doze anos antes, quando, ao entrar no salão, soubera que Laura o esperava e que queria falar com ele. Parecera-lhe então que seus olhos estavam úmidos.

— Preciso lhe dizer — começara ela, forçando um sorriso. — É importante demais para nós dois e não posso mais esconder... Preciso confessar. Já faz tempo que sinto isso, mas a obsessão é recente. Sinto que você não é mais *meu*... Por favor, não me interrompa. Não é o que você está pensando... Sinto que você não é meu, que você não está *aqui*, do meu lado, mas em outro mundo. Não me refiro às suas pesquisas que, não importa o que você pense, me interessam; sinto que você está num mundo desconhecido, no qual não posso acompanhá-lo. E, por mim, por você, acho que o mais sensato é nos separarmos. Nós dois somos jovens, nós dois amamos a vida... Você vai ver mais tarde...

— Está bem — disse o professor, depois de dobrar cuidadosamente o papel e introduzi-lo na agenda. — Voltarei mais tarde.

Retornou uma hora depois. Trancou a porta para não ser perturbado e sentou-se na cadeira diante do leito.

— Pode falar. Não se esforce demais. As palavras que não conseguir pronunciar, pode escrevê-las aqui — acrescentou, estendendo-lhe um bloco de papel.

— O senhor logo compreenderá por que tive de recorrer a este estratagema — começou a dizer, com a voz embargada. — Quero evitar a publicidade. A verdade é a seguinte: eu me chamo Dominic Matei, em 8 de janeiro completei setenta anos, ensinei latim e italiano no liceu Alexandru Ioan Cuza, de Piatra Neamt, onde ainda tenho meu domicílio. Moro na rua Episcopiei, número 18. É lá que fica a minha casa, onde tenho uma biblioteca de quase oito mil volumes, que deixei em testamento para o liceu...

— Fantástico! — exclamou o professor, depois de suspirar e encará-lo outra vez, ligeiramente sobressaltado.

— Acho que não será difícil para o senhor confirmar tudo isso. Mas, eu lhe imploro, faça tudo com muita, muita discrição. Toda a cidade me conhece. Se quiser mais provas, posso desenhar a planta da casa, posso lhe dizer que livros estão em cima da escrivaninha e dar-lhe qualquer outro detalhe que pedir. Mas, pelo menos por enquanto, ninguém deve saber o que aconteceu comigo. Como o senhor mesmo disse, o fato de eu ter escapado ileso já é sensacional. Se souberem que eu ainda por cima rejuvenesci, não vou ter mais sossego... Digo-lhe tudo isso porque os agentes da Siguranta, que já estiveram por aqui, nunca irão acreditar que tenho mais de setenta anos. Quer dizer, nunca irão acreditar que eu sou quem sou; serei investigado, e quantas coisas não podem ocorrer durante uma investigação... Por favor, se o senhor considera que o meu caso merece ser estudado, quero dizer, que merece continuar sendo estudado, aqui no hospital, por favor conceda-me uma identidade fictícia. Provisória, é claro, e se mais tarde desaprovar meu comportamento, o senhor poderá revelar a verdade quando bem entender...

— Não se trata disso — interrompeu o professor. — Por enquanto, só uma coisa importa: regularizar sua situação. Isso, espero, não será difícil. Mas que idade lhe daremos? Sem barba, você parecerá um jovem de trinta, trinta e um anos. Que tal trinta e dois anos?...

Tornou a perguntar o nome da rua e o número da casa, anotando-os na agenda.

— A casa está fechada, claro... — retomou, depois de uma pausa.

— Sim e não. Uma mulher idosa, Veta, minha empregada desde sempre, ocupa dois pequenos cômodos pegados à cozinha. Ela guarda as chaves dos outros aposentos.

— Em algum lugar deve haver um álbum de fotografias; para ser mais exato, com suas fotografias da juventude...

— Todas elas estão na primeira gaveta da escrivaninha; são três álbuns. A chave da gaveta está embaixo da caixa de charutos, sobre a escrivaninha... Mas se o seu emissário falar com a Veta, toda a cidade vai descobrir...

— Não haverá nenhum risco, se agirmos com cautela.

Enfiou pensativo a agenda no bolso e calou-se por alguns momentos, fitando-o intensamente.

— Reconheço que seu caso me apaixona — disse, erguendo-se. — Não entendo nada, e nenhum de nós entende... Provavelmente você se exercita quando fica a sós, à noite — acrescentou.

Um vago movimento de ombros precedeu a resposta:

— Quando senti que minhas pernas estavam formigando, levantei da cama e, aqui mesmo, no tapete...

— E nada o surpreendeu?

— Claro que sim. Apalpei todo meu corpo. Senti meus músculos tal como eram décadas atrás: firmes, vigorosos. Não esperava por isso. Depois de tantas semanas de imobilidade quase absoluta, eles deveriam estar, como dizer?, quase...

— Exato, é assim mesmo que deveriam estar — interrompeu-o o professor.

Já a caminho da porta, estacou e se voltou, procurando seus olhos.

— Você não me deu seu endereço daqui, de Bucareste.

Sentiu o rosto corar, mas, com esforço, conseguiu dar um sorriso.

— Não tenho endereço aqui, pois tinha acabado de chegar. Vinha de Piatra Neamt, de trem. Chegara quase à meia-noite. Era Sábado de Aleluia.

O professor fitou-o longamente, incrédulo.

— Mas, seja como for, você estava indo para algum lugar... E lá, na calçada, ao seu lado, não acharam nem mesmo uma valise...

— Eu não trouxe valise. Não trouxe nada comigo, a não ser um envelope azul. Tinha vindo com a intenção de me suicidar. Sentia-me um condenado: arteriosclerose. Estava perdendo a memória...

— Você viajou até Bucareste para se suicidar? — repetiu o professor.

— Sim. Achava que não havia outro remédio, que a única solução era o envelope azul. Fazia tempo que eu guardava dentro dele alguns miligramas de estricnina...

II

Sabia que estava sonhando e não parava de alisar o rosto recém-barbeado, mas não conseguia despertar. Só depois que o automóvel chegou ao fim da avenida ele reconheceu o bairro; reconheceu-o sobretudo pelo aroma das tílias em flor. "Vamos para a estrada", ouviu. Fazia anos que não passava por ali, e olhava com emoção para as casas antigas que lhe recordavam seus tempos de estudante. Depois ele se viu diante de uma alameda ladeada por árvores altas; no instante seguinte, o portão se abriu, e o automóvel, avançando devagar pela trilha de cascalho, parou em frente à escadaria de pedra violácea. "Por que o senhor não desce?", ouviu dizer uma voz desconhecida. Olhou em volta, admirado; não havia ninguém. Pareceu-lhe que acima, no topo da escadaria, a porta se abrira. Estava sendo aguardado, portanto. "Devo descer", disse a si mesmo.

Ao despertar, a luz forte vinda de fora o ofuscou; fitou o relógio com surpresa. Ainda não eram 6 horas. Provavelmente, haviam se esquecido de fechar as venezianas. Algum tempo depois, ouviu a porta se abrir.

— Trouxe-lhe roupas — disse a enfermeira, sorridente, aproximando-se do leito, com os braços carregados.

Era Anetta, ainda bem jovem e a mais ousada. (Poucos dias antes lhe dissera, fitando-o nos olhos: "Quando o senhor sair daqui, bem que podia me convidar uma noite para ir ao cinema...".) Ajudou-o a se vestir, embora não precisasse de ajuda. Percebeu, por seu olhar desapontado, que o paletó não lhe caía muito bem. “Ficou muito justo nos ombros” — ela disse, e a gravata, azul com pequenos triângulos cinza, não combinava com a camisa listrada. Logo entrou o médico de plantão. Pôs-se a observá-lo, sério, atento.

— Vê-se de longe que essas roupas não são suas. Isso pode levantar suspeitas. Precisamos providenciar outras. O doutor Gavrila disse que tinha uns ternos de excelente qualidade, que ganhara de um tio.

— Herança deixada pelo falecido — precisou Anetta. — Não é bom usar roupas de morto alheio. De um morto próprio, é outra coisa; podem ser usadas em sua memória, como lembrança...

— Não tem importância — disse Dominic, sorrindo. — De qualquer modo, agora não dá mais tempo. Talvez em outra oportunidade, quando eu voltar...

— Sim — interveio o médico —, mas esse paletó chama muito a atenção, e você corre o risco de ser seguido...

— Se ele se esconder bem no banco de trás, talvez passe despercebido...

Duas horas antes, descera ao pátio acompanhado do doutor Chirila, o que lhe era menos simpático, pois, desde que o surpreendera escondido no quarto, tinha a impressão de que o espionava o tempo todo. Ao pôr os olhos no carro, deteve-se bruscamente.

— Eu já vi esse carro — murmurou. — Foi ontem à noite, num sonho... Há quem diga que isso é mau sinal, que pode ser um prenúncio e acidente — acrescentou.

— Não sou supersticioso — pronunciou o doutor Chirila, lenta e gravemente, abrindo a porta. — Seja como for, estamos sendo aguardados...

Enquanto o automóvel se dirigia para a avenida, ele sentiu uma calma estranha, interrompida, de maneira incompreensível, por acessos quase violentos de alegria.

— Abra a janela — exclamou —, pois logo passaremos por baixo das tílias em flor. Agora estamos nos aproximando da estrada — acrescentou pouco depois. E mais adiante: — Não deixe de observar a beleza do prédio, com suas árvores altas, e a limpeza da alameda de cascalho, e a escadaria de pedra violácea...

O médico só fazia observá-lo, curioso, calado, confuso. O carro parou ao pé da escadaria.

— Por que não desce? — ouviu uma voz.

— Estamos esperando o vigia chegar para passar o serviço — respondeu o motorista.

Logo se ouviram passos apressados pelo cascalho e, por trás do automóvel, surgiu um homem moreno, com o rosto marcado de varíola e o cabelo cortado à moda militar. Chirila abriu a porta.

— Aqui está a pessoa sobre a qual o informamos. Muito cuidado para não confundi-lo com outros pacientes. De agora em diante, você é o responsável.

— Entendido — disse. — Não se preocupe. Ficarei atento.

— O que ele fizer aí dentro ou até mesmo no jardim — interrompeu-o Chirila — não é da sua conta. Você tem é que tomar conta do portão...

Gostou do quarto: era espaçoso, com janelas que davam para o parque e, tal como lhe garantira o professor, tinha uma mesa de madeira e, nas paredes, prateleiras para livros. Aproximou-se da janela aberta e respirou profundamente. Pareceu-lhe que o aroma das rosas selvagens o atravessava. Não conseguia, contudo, alegrar-se. Sorria, acariciando o rosto com a palma da mão esquerda, mas lhe parecia que tudo o que lhe ocorria nos últimos tempos não tinha *verdadeiramente* a ver com ele, que se tratava de outra coisa, de *outra pessoa*.

— Tente descrever o mais precisamente possível e com o maior número de detalhes o que você quer dizer quando fala em *outra pessoa* — interrompeu-o subitamente o professor. — Em que sentido você se sente *estrangeiro*? Você ainda não se "instalou" em sua nova situação? É muito importante. Anote tudo o que lhe passar pela cabeça. Se não tiver vontade de escrever ou tiver muito a dizer, use o gravador, indicando sempre dia, hora e lugar, e precisando se está deitado na cama ou passeando pelo quarto.

Nos últimos dias, no hospital, ele preenchera um caderno quase inteiro. Escrevia toda sorte de coisas: livros de que se lembrava (e gostava de indicar a edição, o ano de publicação, a data em que o lera pela primeira vez, para manter o registro dessa prodigiosa recuperação de memória), versos em todas as línguas que aprendera, exercícios de álgebra, alguns sonhos que lhe pareciam significativos. Não revelava, porém, certas descobertas recentes. Sentia uma resistência incompreensível, sobre a qual o professor lhe falara certa vez.

— É muito importante encontrarmos o significado dessa resistência — dissera-lhe. — Tente ao menos fazer uma alusão, para sabermos se aquilo que você *não quer* falar ("não *posso* falar!" — interrompeu-o mentalmente) se refere a determinados eventos do passado, ou se se trata de outra coisa, relacionada a sua nova condição, sobre a qual, repito, ainda sabemos muito pouco...

Afastou-se da janela e, depois de cruzar o quarto várias vezes, passeando como costumava fazer na juventude, com as mãos cruzadas às costas, deitou-se na cama. Ficou de olhos abertos, fitando o teto.

— Trouxe seu álbum de família — anunciou-lhe um dia o professor. — Aquele com suas fotografias do liceu, da universidade na Itália... Não está curioso em vê-lo? — perguntou, depois de uma pausa.

— Sinceramente, não...

— Mas por quê?...

— Nem eu sei por quê. Começo a me sentir distante do meu passado. Como se eu não fosse mais o mesmo...

— Que estranho — disse o outro. — Temos que descobrir os motivos...

Por fim, resignado, decidiu folheá-lo. O professor se sentou do lado da cama, na cadeira, enquanto o fitava intensamente, sem conseguir ocultar sua curiosidade.

— No que está pensando? — perguntou-lhe de supetão, depois de alguns minutos. — Que tipo de lembranças? Que tipo de associações?

Hesitou, esfregando o rosto com a palma esquerda. ("Eu sei que esse gesto já virou um tique", confessou várias vezes.)

— Lembro-me perfeitamente do ano e do lugar em que foram tiradas, cada uma delas. Poderia até mesmo dizer que me lembro do dia; como se eu estivesse ouvindo as vozes dos que me rodeavam e as palavras que pronunciavam, como se minhas narinas sentissem o aroma próprio daquele lugar e daquele dia... Veja, por exemplo, aqui, onde apareço com Laura, em Tivoli. Quando pus os olhos na fotografia, senti o calor daquela manhã e o perfume das flores de oleandro, como também senti um cheiro forte, pesado, de piche queimado, e então me lembrei de que a uns dez metros do lugar onde tiramos a foto havia duas caldeiras de piche.

— É uma espécie de hipermnésia com efeitos laterais — disse o professor.

— É horrível — continuou. — É memória demais e, além de tudo, inútil.

— Parece inútil porque não sabemos, ainda, o que fazer com ela, com essa extraordinária recuperação de memória... De qualquer modo — acrescentou, sorridente — quero lhe dar uma boa notícia. Dentro de alguns dias, você receberá sua biblioteca de Piatra Neamt, os livros que você anotou na primeira lista, ou seja, todas as gramáticas e todos os dicionários de que você disse necessitar. Bernard está entusiasmado, disse-me que não poderia conceber um teste mais adequado. Interessou-lhe sobretudo o fato de você ter começado seus estudos de chinês na juventude, depois abandoná-los por uns dez, doze anos e, durante a guerra, tentar retomá-los para por fim, inesperadamente, desistir para sempre. Estamos tratando, portanto, de vários estratos de memória. Se você se esforçar numa autoanálise e fizer um registro detalhado, poderemos ver quais estratos serão reanimados primeiro...

Os dois ficaram se olhando por algum tempo, como se cada um estivesse esperando o outro retomar o diálogo.

— E o que estão falando em Piatra sobre meu desaparecimento? — perguntou de repente. — Não sou curioso demais, mas já gostaria de saber quais as minhas chances...

— Como assim, chances de quê? — interrompeu o professor.

Sorriu sem jeito; enquanto a pronunciava, a frase já lhe soara vulgar e inoportuna.

— Chances de continuar a vida que acabei de começar, sem o risco de que seja reincorporada à minha biografia anterior...

— Por ora não posso lhe dar nenhuma certeza a esse respeito. Seus amigos de Piatra estão convencidos de que você está internado, com amnésia, em algum hospital da Moldávia. Alguém se lembrou de tê-lo visto na estação de trem, no Sábado de Aleluia, mas essa pessoa não sabe ao certo em que trem você embarcou, pois estava com pressa para chegar em casa...

— Acho que eu sei quem foi que me viu na estação... — murmurou.

— Para poder trazer os livros que você listou, a polícia forjou uma batida. Alegaram que, ao saber do seu desaparecimento, um legionário foragido teria se escondido em sua biblioteca...

Permaneceu pensativo por algum tempo, como se relutasse em continuar.

— Mas, claro — retomou —, quanto mais tempo passar, mais difícil vai ser. Logo a população de Piatra Neamt também ficará sabendo o que toda Bucareste já sabe: que um desconhecido, um homem de idade, foi atingido por um raio e que, dez semanas depois, está perfeitamente saudável e rejuvenescido... Esperemos que não fiquem sabendo do resto...

Duas semanas depois, ao descer para o jardim, encontrou-se frente a frente com uma mulher de estranha beleza. Beleza que, por motivos incompreensíveis, ela tentava atenuar por meio de uma vulgaridade calculada, maquiando-se com exagero e sem habilidade. Ao sorrir-lhe assim, ao mesmo tempo provocadora e casta, a desconhecida lhe recordou um de seus últimos sonhos. Ele se inclinou levemente e lhe disse:

— Tenho a impressão de que já nos vimos em algum lugar.

A jovem pôs-se a rir. ("Que pena", pensou, "ela ri com a mesma vulgaridade com que se maquia.")

— Você é terrivelmente discreto — disse ela. (Dando-lhe a impressão de que falava como se interpretasse uma cena.) — Claro que já nos vimos antes; várias vezes, aliás.

— Onde... e quando?

A jovem franziu levemente o cenho e cravou os olhos nos dele.

— A última vez foi ontem à noite, no quarto número seis. Justo ao lado do quatro, que é o seu — acrescentou, despedindo-se.

O professor chegara justo naquela noite para lhe devolver o caderno e ler suas últimas anotações. Escutou-o perturbado, sem sorrir, evitando seu olhar.

— Eu pensei que você soubesse do que se tratava e compreendesse... como dizer?, o objetivo científico da experiência. Nenhuma análise é completa sem o índice de rendimento sexual. Você se lembra da pergunta que Bernard lhe fez da última vez...

Teve vontade de gargalhar, mas conseguiu se conter e apenas sorrir, balançando a cabeça.

— Como poderia me esquecer?!... Quase morri de vergonha. Eu lá nu sobre a maca, diante de todos aqueles médicos e cientistas estrangeiros...

— Eu avisei que seria uma espécie de consulta internacional. Todos tinham vindo para vê-lo; ninguém podia acreditar na informação que havíamos publicado em *La Presse Médicale*.

— Mas não esperava semelhante pergunta... Sobretudo porque eu ainda estava no hospital e, portanto, não tinha como confirmar ou não eventuais capacidades sexuais.

O professor sorriu, sacudindo os ombros.

— Eu já havia descoberto alguma coisa, indiretamente, é claro, pelas enfermeiras.

— Pelas enfermeiras?

— Pensávamos que era iniciativa sua. Em qualquer outro contexto, tanto o paciente como a enfermeira teriam sido punidos. Mas, no seu caso, eu não só fiz vista grossa, como recebi o relato com alegria. Enfim, o contexto não tem muita importância; só a informação é que importa... Mas, no caso da senhorita do quarto número seis — recomeçou depois de uma pausa —, trata-se de outra coisa. É melhor eu lhe dizer agora para evitar futuras complicações. Essa senhorita nos foi enviada por imposição da Siguranta...

— Da Siguranta? — repetiu, com certo temor. — Mas por quê?

— Não entendo muito bem o que se passa, mas sei que a Siguranta está muito interessada no seu caso. Talvez duvidem que lhes tenhamos dito toda a verdade; e no fundo eles têm razão. De qualquer modo, a Siguranta *não acredita* na sua metamorfose. Estão convencidos de que a história que anda circulando pela cidade, com o raio no Sábado de Aleluia, sua inconsciência, seu restabelecimento e rejuvenescimento, é uma invenção dos legionários... E que, na verdade, essa lenda foi forjada no intuito de camuflar a identidade de um importante líder legionário e preparar sua fuga para o exterior.

Escutou-o surpreso, mas tranquilo.

— Então minha situação é mais grave do que imaginava — disse. — Mas como não há, por enquanto, outra solução...

— A solução será encontrada a seu tempo — interrompeu-o o professor. — Devo acrescentar, para que fique o mais informado possível, que você está sendo e, desde o início, foi vigiado pela Siguranta. Por isso escolhemos uma roupa com a qual você não se atreveria a sair na rua, pois seria preso imediatamente. Você também não se atreveria a circular pela cidade com esse casacão, o uniforme da clínica, que, aliás, tem lá sua elegância. E, como você entendeu desde o início, se quiser passear, não pode ir além do portão... Isso é tudo o que sabemos. Mas quem sabe quantas outras pessoas dentre o pessoal de serviço da clínica são informantes da Siguranta...?

Dominic pôs-se a rir e passou várias vezes a palma da mão esquerda pelo rosto.

— No fundo, talvez seja melhor assim. Sinto-me a salvo de surpresas...

O professor o fitou longamente, como se hesitasse em continuar. Por fim se decidiu, bruscamente:

— Voltemos agora ao que importa. Você *tem certeza* de que, em sua memória, todas as experiências sexuais surgiam como sonhos eróticos?

Ele ficou pensativo por algum tempo.

— Agora não tenho mais tanta certeza. Até a noite passada, estava convencido de que se tratava de sonhos...

— Estou lhe perguntando porque, no caderno que li, você anotou todo o tipo de sonhos, desprovidos, porém, de quaisquer elementos *claramente* eróticos.

— Talvez eu devesse tê-los anotado também, mas não

me pareceram significativos... Seja como for — continuou, após um breve silêncio —, caso eu tenha confundido experiências reais com sonhos eróticos, as coisas estão mais complicadas do que eu imaginava...

Com um gesto infantil, ridículo, pôs a mão na têmpora, como se quisesse demonstrar que se concentrava.

— Diga-me — disse o professor, passados alguns instantes —, em que sentido elas estariam mais complicadas do que parecem?

Ele ergueu o rosto repentinamente e sorriu meio sem jeito.

— Não sei se o senhor entendeu certas alusões do caderno, mas, há algum tempo, eu tinha a impressão, como dizer?, tinha a impressão de que estava estudando durante o sono; para ser mais exato, sonhava que estava estudando e que, por exemplo, abria no sonho uma gramática, percorria e memorizava algumas páginas, ou folheava um livro...

— Muito interessante — disse o professor. — Mas, no caderno que li, não me parece que você tenha anotado essas coisas com precisão e clareza.

— Não sabia muito bem como descrever tudo isso. Eram sonhos em série, de certo modo didáticos, como se fossem uma extensão das leituras que eu realizava durante o dia. Achava até mesmo que sonhava regras gramaticais, vocabulário e etimologia, pois eu era apaixonado por essas coisas... Mas agora me pergunto se, de uma maneira mais ou menos sonâmbula, eu não me levantava durante a noite para continuar meus estudos...

O professor o fitou durante todo o tempo com atenção, levemente tenso, sinal de que, como ele já percebera antes, estava tentado a fazer várias perguntas ao mesmo tempo.

— De qualquer modo — continuou o professor —, você não parece cansado, não tem aquela expressão do intelectual que passa boa parte da noite lendo... De resto, se fosse assim, como se explica que ninguém tenha visto a luz acesa tarde da noite no seu quarto? — Levantou-se e estendeu-lhe a mão. — O que eu acho paradoxal é que essa hesitação, ou melhor, essa confusão entre experiência onírica e estado de vigília tenha se desenvolvido paralelamente à sua hipermnésia... Aquilo que você me contou sobre o cheiro de flores e de piche que sentiu ao olhar para uma fotografia de quase quarenta anos atrás...

— Mas agora não tenho mais certeza nem da hipermnésia! — exclamou. — Não tenho mais certeza de nada!

Assim que ficou sozinho, pôs-se a pensar: "Foi ótimo você dizer: 'Não tenho mais certeza de nada...'. Assim você estará sempre protegido. Você sempre poderá dizer: 'Sonhei!', ou, quando lhe convier, poderá dizer o contrário... Mas cuidado! Nunca diga toda a *verdade*!".

Voltou a cabeça e olhou admirado a seu redor. Após alguns instantes, murmurou, como se se dirigisse a alguém que estivesse ali, invisível, a seu lado: "Mas mesmo que eu quisesse contar, *não posso*! Não entendo por quê", acrescentou, baixando ainda mais o tom de voz, "mas há certas coisas que não tenho como revelar..."

Naquela noite, ele lutou durante muito tempo contra a insônia. (Era sua primeira noite de insônia desde que partira de Piatra Neamt, e isso o irritava. Sofrera quase a vida inteira de insônia e, nos últimos tempos, acreditava estar curado.) Como de costume, estava pensando no mistério da memória recobrada. Na verdade, percebera fazia tempo que não se tratava de uma simples recuperação, pois agora ela era infinitamente mais vasta e mais precisa do que sua memória original. Uma memória de mandarim, como Chavannes chamara aquilo que todo sinólogo deveria ter. Começou a achar que tinha uma memória ainda maior: uma estranhíssima hipermnésia. Mesmo antes de receber as gramáticas e o dicionário de Piatra, pôs-se um dia a recitar textos chineses, visualizando ao mesmo tempo os ideogramas e traduzindo-os à medida que recitava. Depois verificara a grafia, a pronúncia e a tradução daqueles textos, folheando com impaciência e emoção a antologia e o dicionário de Giles. Não cometera um único erro. Escrevera umas poucas linhas no caderno, meio desolado: Bernard terá uma decepção; era impossível para ele precisar que estrato de memória ressurgira primeiro; viu que de repente dominava a língua chinesa como nunca antes. Agora lhe bastava abrir qualquer livro em chinês que, ao ler o texto, compreendia tudo com a mesma facilidade com que leria um texto em latim ou italiano antigo.

Era uma noite muito quente, e a janela que dava para o parque permanecera aberta. Teve a impressão de ouvir passos e, sem acender a luz, deixou a cama e foi até a janela. Avistou o vigia e percebeu que ele também o vira.

— Mas você não está dormindo? — perguntou-lhe o mais baixo possível, para não acordar os vizinhos.

O vigia deu de ombros e seguiu em direção ao parque, sumindo na escuridão. "Se eu lhe perguntar amanhã", pensou, "ele provavelmente vai me responder que sonhei. Desta vez, porém, *tenho certeza* de que não sonhei..." Voltou para a cama, fechou os olhos e, como no passado, quando sofria de insônia, disse: "Em três minutos vou adormecer!...". Pôs-se a escutar seus pensamentos: "Você tem que dormir, pois é durante o sono que você aprende melhor. Sonhos didáticos, como disse o professor; você vai ter uma nova série de sonhos didáticos. Não ligados à língua chinesa. É outra coisa mais importante, outra coisa..."

Ele gostava de escutar seus pensamentos, mas desta vez sentiu um desassossego incompreensível e murmurou para si mesmo, em tom de ameaça: "Se eu não adormecer antes de contar até vinte, vou passear no parque!". Mas não chegou nem ao sete.

Poucos dias depois, o professor lhe perguntou, sem tirar os olhos do segundo caderno de anotações que acabara de receber dele:

— Você por acaso se lembra de que, certa noite, saiu pela janela e foi até os fundos do jardim, onde ficam os canteiros de rosas?

Sentiu que corava, e se intimidou.

— Não. Mas lembro, sim, que não conseguia dormir e, a certa altura, disse a mim mesmo: se eu não adormecer antes de contar até vinte, vou passear no parque! Mas depois disso não me lembro de mais nada. Devo ter adormecido em seguida...

O professor o fitou com um sorriso enigmático.

— Nada disso, você não adormeceu em seguida... Depois disso, você passou um bom tempo entre as rosas.

— Então virei sonâmbulo! — exclamou. — É a primeira crise de sonambulismo que tenho na vida!

O professor se levantou de repente, foi até a janela e permaneceu algum tempo com o olhar perdido na distância. Depois se virou e voltou à poltrona.

— Foi o que eu também pensei. Mas as coisas não são tão simples assim. Quando o vigia não viu você no quarto e deu o alarme, dois funcionários de serviço, provavelmente agentes da Siguranta, correram para a rua (sem saber que o vigia já o tinha visto) e lá se depararam com um automóvel de faróis apagados, estacionado justo ao lado do canteiro de rosas onde você se encontrava. O automóvel, claro, desapareceu antes que pudessem anotar a placa...

Dominic passou várias vezes a mão pela testa.

— Se não fosse o senhor... — começou a dizer.

— Eu sei, parece inacreditável — interrompeu o professor. — Mas temos três testemunhas, homens simples, mas de confiança e com certa experiência...

— E o que eles fizeram comigo? Me agarraram e me trouxeram de volta para o quarto?

— Não. No jardim só estava o vigia. Ele contou que, assim que você o viu, voltou por conta própria... Entrou no quarto pela janela, do mesmo jeito que tinha saído... Se estava sonâmbulo ou não, isso pouco importa. O problema é que agora a Siguranta não tem mais dúvida de que sua fuga estava planejada. O fato de o terem surpreendido justo no ponto onde, na rua, havia um automóvel à sua espera, prova, na opinião deles, que você sabia muito bem o que estava fazendo, e que estava tudo combinado... Foram necessárias articulações de alto nível para evitar sua prisão — acrescentou.

— Obrigado — disse ele, embaraçado, enxugando a testa.

— Nesse meio-tempo, eles reforçaram a vigilância. A rua está sendo patrulhada ininterruptamente durante a noite; um sargento à paisana estará todo o tempo ao pé da sua janela, como agora mesmo — acrescentou, baixando a voz —, e à noite o vigia vai dormir numa cama de campanha, no corredor, diante da sua porta.

Levantou-se e começou a caminhar, passando o caderno de anotações de uma mão para a outra, ausente. Depois estacou bruscamente diante dele e o fitou no fundo dos olhos.

— Mas como você explica essa série de coincidências: você tem a primeira crise de insônia depois de muito tempo, e em seguida, segundo você mesmo, a primeira crise de sonambulismo de sua vida; durante a crise, você se dirige ao canteiro de rosas, *exatamente* ao ponto onde, do outro lado do muro, um carro de faróis apagados estava à sua espera... Um carro que — acrescentou passados alguns instantes — desaparece assim que soa o alarme... Como você explica tudo isso?

Ele encolheu os ombros, desanimado.

— Não entendo mais nada... Até a semana passada, eu ainda relutava a admitir que, *realmente*, estava confundindo alguns sonhos com a vigília, mas, diante de certas evidências, tive que dar o braço a torcer... Mas agora essa crise de sonambulismo, o automóvel à minha espera...

O professor abriu sua pasta já abarrotada e, com cuidado, introduziu nela o caderno, entre revistas e brochuras.

— Só para repetir sua expressão de agora há pouco: se eu não conhecesse você dos álbuns de família, se eu não tivesse visto suas fotografias dos trinta aos sessenta e poucos anos, aceitaria de imediato a hipótese da Siguranta: que você é quem eles pensam que é...

"Por que tanta preocupação?", escutou seu próprio pensamento ao apagar a luz. "Tudo vai se encaminhando normalmente. É assim que deve ser: você deve ser confundido com outros, devem pensar que você não é mais capaz de distinguir o sonho da realidade, e outras confusões do gênero. Não há melhor disfarce. No final das contas, você vai ver que não há perigo, que estão cuidando de você..."

Interrompeu a linha do pensamento e, após um breve intervalo, murmurou: "Quem está cuidando de mim?". Aguardou uns instantes. Viu-se perguntando com um tom que desconhecia: "Você acha que tudo isso pelo que tem passado se deve ao acaso?". "Não, não se trata do que eu acho ou deixo de achar", interrompeu-se, irritado. "Quem está cuidando de mim?..." Aguardou de novo por algum tempo, receoso. Depois, ouviu: "Você logo saberá. Agora não vem ao caso... Aliás, você descobriu algo, descobriu faz tempo, mas não tem coragem de admitir. Do contrário, por que você nunca fala com o professor sobre *certos pensamentos* e nem os menciona no caderno? Se você não soubesse da existência dessa *outra coisa*, por que você não faz nenhuma alusão a tudo o que descobriu nas últimas duas semanas?... Mas voltemos à minha pergunta", tentou interromper o pensamento. Aguardou um tempo e, quando teve a impressão de que começava a distinguir a resposta, adormeceu.

"É melhor conversarmos em sonhos", ouviu. "Dormindo, você é capaz de compreender mais rápido e mais profundamente. Você disse ao professor que, durante o sono, continua os estudos feitos durante o dia. Na verdade, já faz tempo que você sabe que nem sempre isso é verdade. Você não aprendeu nada durante o sono, nem na vigília. Pouco a pouco, você se viu dominando o chinês, assim como ainda vai descobrir que domina também outras línguas que lhe interessam. Pare já de pensar que você *agora* se lembra de coisas que aprendeu na juventude e mais tarde esqueceu. Pense, por exemplo, na gramática albanesa..."

A lembrança foi tão brutal que ele despertou imediatamente e acendeu a luz. Não fora capaz de acreditar e nem agora acreditava, uma semana depois da descoberta. Sabia muito bem que jamais estudara albanês. Comprara a gramática de G. Meyer vinte anos atrás, mas lera apenas o prefácio. Desde então, nunca mais a consultara. Apesar disso, ao abrir um dos pacotes que lhe chegaram de Piatra, deu com os olhos nela, abriu-a ao acaso, nas últimas páginas, e começou a ler. Com susto e emoção, percebeu que entendia tudo. Procurou a tradução do parágrafo e confirmou: nenhum erro... Saltou da cama e se dirigiu à biblioteca. De qualquer maneira, queria verificá-lo mais uma vez. Ouviu então uma voz desconhecida do lado de fora, junto à janela aberta:

— Mas você não está dormindo?

Voltou para a cama, fechou os olhos furioso, cerrando as pálpebras, e repetiu, murmurando:

— Não devo mais pensar! Não vou pensar em nada!...

— É o que eu venho lhe dizendo desde a primeira noite no hospital — ouviu.

Parecia começar a entender o que lhe acontecera. Aquela imensa concentração de eletricidade, explodindo bem em cima dele, atravessou-o, regenerou-lhe todo o organismo e amplificou-lhe fabulosamente todas as faculdades mentais. Mas aquela mesma descarga elétrica possibilitara também o surgimento de uma segunda personalidade, uma espécie de "duplo", uma pessoa cuja voz ele escuta sobretudo durante o sono e com quem por vezes conversa amistosamente ou discute asperamente. É provável que essa nova personalidade tenha se formado aos poucos, no período de convalescença, a partir dos mais profundos estratos da inconsciência. Sempre que repetia essa explicação para si mesmo, ouvia o pensamento: "Exato! A fórmula do 'duplo' é correta e útil. Mas não se apresse em comunicá-la ao professor...".

Perguntava-se, achando graça e ao mesmo tempo irritado, por que ele sempre repetia esse convite à prudência, levando em conta que havia tempo decidira não tocar nesse problema (na verdade, nem se podia dizer que fora obrigado a tomar essa decisão: sabia que *não podia* agir de outro modo). Nas conversas, o professor voltava continuamente à hipermnésia e ao seu progressivo descolamento do passado.

— Poderíamos trazer-lhe seus manuscritos e suas pastas com anotações — propôs-lhe recentemente. — Com as possibilidades de que agora dispõe, você poderia terminar toda a obra em alguns meses...

Ele ergueu os braços:

— Não! Não! — exclamou, quase em pânico. — Não me interessa mais!...

O professor o observou surpreso e, de certo modo, desapontado:

— Mas é a obra da sua vida, de uma vida inteira...

— Terá de ser reescrita da primeira à última página, e não acho que valha a pena... Deve permanecer como aquilo que foi até agora: *opus imperfectum*. Mas eu queria lhe perguntar uma coisa — continuou, como se quisesse mudar de assunto o mais rápido possível —, embora tema parecer indiscreto. O que me aconteceu na última semana? O que o vigia e todos os outros relataram?

O professor deixou a poltrona e se dirigiu à janela. Voltou-se após alguns instantes, pensativo.

— Eles sabem tornar-se invisíveis sempre que necessário, mas continuam cumprindo com seu dever — disse ele. — Não relataram nada de extraordinário; exceto que você acende a luz várias vezes durante a noite, acende e apaga muito rápido, após alguns minutos... Pelo menos foi isso o que me contaram. Suspeito, porém, que não me contam tudo — acrescentou, baixando a voz. — Suponho que tenham descoberto alguma coisa muito importante, ou que estejam prestes a descobrir...

— Em relação a mim? — perguntou, conseguindo disfarçar o sobressalto.

O professor hesitou por alguns instantes; depois, ergueu-se repentinamente e se aproximou de novo da janela.

— Não sei — respondeu após algum tempo. — Talvez não seja só em relação a você...

Na manhã de 3 de agosto, recebeu uma visita inesperada do professor.

— Não sei se devemos nos alegrar ou não. Fique sabendo que você já é famoso nos Estados Unidos. Uma revista ilustrada publicou uma entrevista obviamente apócrifa: "Como fui atingido por um raio". O artigo causou sensação e foi reproduzido e traduzido no mundo inteiro. Fui informado pelo departamento de imprensa que três correspondentes de grandes jornais americanos acabam de chegar a Bucareste e querem conversar com você de qualquer maneira. Disseram-lhes que, no momento, os médicos se opõem a qualquer tipo de visita... Mas por quanto tempo poderemos continuar nos escondendo? É provável que, a esta altura, os jornalistas já tenham iniciado suas averiguações. Os médicos e as enfermeiras vão lhes contar tudo o que sabem, e muito mais. Eles vão arranjar informantes daqui de dentro também — acrescentou, baixando levemente a voz. — Quanto a fotografias, não tenho a mínima ilusão: você foi certamente fotografado inúmeras vezes, passeando pelo parque, debruçado na janela, talvez até deitado na cama... Percebo, porém, que a notícia não o impressiona muito — acrescentou, depois de fitá-lo por um bom tempo. — Não diz nada...

— Estava esperando o resto.

O professor se aproximou, sem deixar de mirá-lo nos olhos.

— Como você sabe que há um resto? — perguntou.

— Imaginei, considerando seu nervosismo. Nunca o vi tão nervoso.

O professor deu de ombros, com um sorriso amargo.

— Você pode não ter reparado ainda, mas de fato sou muito nervoso... Mas voltemos ao seu caso. Surgiu uma série de complicações, sobretudo naquelas duas semanas em que me ausentei.

— Por minha causa? — perguntou.

— Nem por sua, nem por minha causa... Você passou quase todo o tempo aqui, no quarto. (Sei disso porque eu telefonava quase todo dia...) Quanto a mim, durante aquelas duas semanas em Predeal,[24] só discuti sobre o seu caso com uns poucos colegas, em cuja discrição tenho total confiança... Mas aconteceu outra coisa — continuou, erguendo-se mais uma vez. — Primeiro, a senhorita do quarto número seis, a agente que nos foi imposta pela Siguranta, desapareceu há cerca de dez dias. A Siguranta já há muito desconfiava que ela fosse uma agente dupla, mas não desconfiava que estivesse a serviço da Gestapo...[25]

— Estranho — murmurou. — Mas como conseguiram descobrir isso tão rápido?

---

[24] Popular estação de esqui da Romênia situada nos Alpes Transilvanos. (N. do T.)

[25] Abreviação de *Geheime Staatspolizei* (Polícia Secreta de Estado), criada na Alemanha nazista em 1933. (N. do T.)

— Porque a rede que ela integrava foi desbaratada e aqueles três agentes que esperavam por você no carro de faróis apagados, poucas noites atrás, foram presos. A suspeita da Siguranta estava correta: você deveria ter sido raptado e levado até a fronteira da Alemanha. O equívoco, entretanto, era quanto à identidade: não se tratava de um chefe legionário, e sim de *você*.

— Mas por quê? — perguntou, sorrindo.

O professor se dirigiu para a janela, mas virou-se bruscamente e o observou por alguns instantes com curiosidade, como se esperasse que ele fosse acrescentar mais alguma coisa.

— Por você ser assim como é, depois de tudo o que lhe aconteceu. Nunca tive muitas ilusões — continuou, começando a caminhar lentamente, entre a porta e a poltrona. — Sabia que acabariam descobrindo. Também por isso informei várias vezes *La Presse Médicale*. Queria que soubessem diretamente da fonte tudo o que podia ser revelado. Claro que não contei tudo; bastava relatar as etapas do restabelecimento físico e intelectual; fiz apenas uma alusão, bem obscura, à regeneração e ao rejuvenescimento. Mas nada sobre a hipermnésia... Mesmo assim, descobriram tudo; até mesmo a sua memória fenomenal e o fato de haver recuperado todas as línguas que aprendera na juventude. Você se tornou, assim, o mais precioso exemplar humano que existe hoje na face da Terra. Todas as faculdades de medicina do mundo querem dispor de você, pelo menos temporariamente...

— Uma espécie de cobaia? — perguntou, sorrindo.

— De certa maneira, sim: uma cobaia. Dispondo de todas as informações transmitidas pela senhorita do quarto seis, é fácil entender por que a Gestapo quer raptá-lo a todo custo.

Refletiu um pouco e logo seu rosto iluminou-se inesperadamente com um grande sorriso:

— Sua companheira de uma noite, ou várias...

— Temo que tenham sido várias — reconheceu, ruborizado.

— Sua companheira foi mais esperta do que a Siguranta previa. Não se contentou em apenas verificar sua potência sexual, mas se aproveitou da condição de quase sonâmbulo em que você se encontrava para tentar obter informações e descobrir sua identidade. Seu procedimento foi científico: registrou num minúsculo gravador todas as conversas, na verdade, seus longos monólogos, transmitindo-os em seguida à Siguranta. Mas foi capaz de perceber também outra coisa: que, por exemplo, você recitava poemas em diversas línguas e, quando ela lhe fez algumas perguntas em alemão, e depois em russo, você respondeu sem qualquer dificuldade na língua em que era perguntado. Em seguida, depois de você ter recebido os livros, ela listou todas as gramáticas e dicionários que você costumava consultar. Precavida, ela gravou todas essas informações para transmiti-las a seus chefes na Alemanha. É provável que alguém, algum figurão da Gestapo, ao escutar as fitas gravadas, tenha decidido raptá-lo...

— Entendo — disse ele, esfregando a testa.

O professor se deteve diante da janela aberta, olhando longamente para o parque.

— Tudo isso, obviamente, levou algum tempo, e nesse ínterim pudemos redobrar a vigilância. Talvez você não tenha percebido, mas, de uns dias para cá, muitos dos quartos vizinhos têm sido ocupados por agentes. Durante a noite, você pode imaginar o quanto a rua é patrulhada... Apesar disso tudo — retomou após uma pausa —, dentro em breve você terá de ser retirado daqui.

— Que pena — disse ele. — Tinha me acostumado... e estava gostando.

— Fui instado a providenciar seu disfarce imediatamente. Por enquanto, você deve deixar o bigode crescer, tão espesso e descuidado quanto possível. Disseram-me que vão tentar alterar sua aparência. Imagino que vão tingir seu cabelo, mudar o penteado, de maneira que não se pareça mais com as fotografias que sem dúvida tiraram nas últimas semanas. Garantiram-me que serão capazes de envelhecê-lo uns dez, quinze anos. Quando deixar a clínica, você terá a aparência de um homem com mais de quarenta anos...

Deteve-se, exausto, e sentou na poltrona.

— Felizmente — acrescentou depois —, seus episódios de quase sonambulismo, ou lá o que tenham sido, não se repetiram. Pelo menos foi o que me disseram...

O dia prometia ser tórrido. Tirou o casacão e vestiu o pijama mais leve que encontrou no armário. Em seguida, deitou-se na cama. "É claro", ouviu seu pensamento, "você sabe muito bem que não foi sonambulismo. Você se comportou como devia, para criarmos as devidas confusões. Mas de agora em diante não precisaremos mais delas..."

"Meu 'duplo'", murmurou, sorrindo. "Ele sempre responde às perguntas que vou fazer. Como um verdadeiro anjo da guarda..."

"Essa fórmula também é correta e útil."

"Há ainda outras?", perguntou.

"Muitas outras. Algumas delas anacrônicas, ou em desuso, outras ainda atualíssimas, sobretudo onde a teologia e a prática cristã souberam guardar as imemoriais tradições mitológicas."

"Por exemplo?", perguntou, achando graça e sorrindo.

"Por exemplo, além dos anjos e anjos da guarda, as potências, os arcanjos, os serafins, os querubins. Criaturas intermediárias por excelência."

"Intermediárias entre o consciente e o inconsciente."

"Claro. Mas também entre a natureza e o ser humano, entre o ser humano e a divindade, entre Eros e a razão, entre o feminino e o masculino, entre a luz e a escuridão, entre a matéria e o espírito..."

Começou a rir e se levantou. Por alguns instantes, olhou atentamente à sua volta e depois murmurou, pronunciando com vagar as palavras:

"Estamos chegando, então, à minha velha paixão: a filosofia. Será que um dia conseguiremos demonstrar *logicamente* a realidade do mundo exterior? A metafísica idealista ainda hoje me parece o único construto perfeitamente coerente..."

"Estamos nos desviando do nosso assunto", ouviu de novo em pensamento. "O problema não é a realidade do mundo exterior, mas a realidade objetiva do 'duplo', ou anjo da guarda, escolha o termo que lhe convier. Não é verdade?"

"É verdade. Não posso acreditar na realidade *objetiva* dessa pessoa com que estou conversando; assim, considero-a meu 'duplo'."

"De certo modo, trata-se mesmo de um 'duplo'. Mas isso não quer dizer que ele não exista de modo objetivo, independente da consciência cuja projeção ele parece ser..."

"Gostaria de me deixar convencer, mas..."

"Eu sei que em disputas metafísicas as provas empíricas não têm valor algum. Mas você não gostaria de ganhar, agora mesmo, num instantinho, algumas rosas frescas colhidas do jardim?"

"Rosas!", exclamou com emoção e certo temor. "Sempre gostei de rosas..."

"Onde deseja colocá-las? De modo algum dentro do copo..."

"Não", respondeu. "De modo algum dentro do copo. Uma rosa na mão direita, assim como estou segurando agora, aberta, a outra sobre os joelhos, e a terceira, digamos..."

Naquele momento, ele percebeu que estava segurando entre os dedos uma belíssima rosa da cor de sangue fresco e, em cima dos joelhos, num equilíbrio instável, balançava-se outra.

"E a terceira?", ouviu o pensamento. "Onde você quer colocar a terceira rosa?..."

— A situação é muito mais grave do que supúnhamos! — ouviu a voz do professor.

Pareceu-lhe que o ouvia falar por detrás de uma grossa cortina, ou a uma grande distância. Ele estava, contudo, na sua frente, na poltrona, com a maleta sobre os joelhos.

— Muito mais grave do que supúnhamos? — repetiu, ausente.

O professor se levantou, aproximou-se dele e pôs a mão sobre a sua testa.

— Não está se sentindo bem? — perguntou-lhe. — Teve uma noite ruim?

— Não, não. Mas bem no instante em que o senhor entrou pela porta, tive a impressão... Enfim...

— Preciso lhe falar sobre uma coisa urgente e muito importante — continuou o professor. — Está se sentindo melhor? Acha que pode me escutar?

Ele passou lentamente a mão pela testa e, com esforço, conseguiu sorrir.

— Tenho muita curiosidade em escutar o que vai me dizer.

O professor tornou a se sentar na poltrona.

— Eu dizia que a situação é mais grave do que supúnhamos porque agora sabemos exatamente que a Gestapo vai tentar de tudo, *de tudo* — repetiu, sublinhando a palavra — para pôr as mãos em você. Você entenderá por quê. No círculo íntimo de Goebbels encontra-se um personagem enigmático e ambíguo, um certo doutor Rudolf, que, nos últimos anos, vem elaborando uma teoria à primeira vista fantástica, mas que contém também certos elementos científicos. Ele considera, por exemplo, que a eletrocussão por meio de uma corrente de pelo menos um milhão de volts pode produzir uma mutação radical na espécie humana. Quem for submetido a tal descarga elétrica não só não morre, como é completamente regenerado. Assim como ocorreu com você — acrescentou. — Por sorte, ou não, tal hipótese não pode ser verificada experimentalmente. Rudolf reconhece que não pode precisar a tensão da corrente elétrica necessária para a mutação; afirma apenas que tem de superar um milhão de volts, chegando até, talvez, a dois milhões... Agora você pode entender o interesse que o seu caso desperta.

— Posso — replicou com voz ausente.

— Todas as informações que foram obtidas sobre você, e que não foram poucas, confirmam a hipótese dele. Alguns membros do círculo de Goebbels estão muito entusiasmados. Intervieram inclusive por via diplomática, em nome da ciência, para o bem da humanidade e assim por diante. Várias universidades e institutos científicos nos convidaram para uma série de conferências, a mim, a você, ao doutor Gavrila, a qualquer um que queiramos levar conosco; em suma, querem que nós o emprestemos por um determinado período. Mas, como não cedemos, a Gestapo recebeu carta branca...

Deteve-se, como se tivesse perdido repentinamente o fôlego. Pela primeira vez o professor lhe pareceu cansado, envelhecido.

— Tivemos de lhes ceder cópias dos relatórios realizados nas primeiras semanas no hospital. É um pedido de praxe, que não pudemos recusar. É claro que não informamos tudo. No que concerne ao material mais recente, foram encaminhadas a Paris, entre outras coisas, fotocópias do seu caderno de anotações e cópias de suas gravações. Bernard e seus colaboradores agora estão estudando tudo isso, que depois será enviado a um dos laboratórios da Fundação Rockefeller... Estou percebendo, porém, que você não me ouve — acrescentou, erguendo-se da poltrona. — Está cansado. Da próxima vez vou lhe contar o resto.

O resto lhe pareceu infindável. Ademais, por vezes lhe parecia desinteressante, outras vezes tinha a impressão de que estava ouvindo coisas que já sabia, embora não pudesse precisar como. Achou graça sobretudo nas pesquisas sobre o raio caído da noite da Ressurreição. Como descobriram que o pé-d'água não ultrapassara certo perímetro e que fora um único raio? Um raio, aliás, de forma muito incomum, pois os fiéis às portas da igreja disseram que parecia uma interminável lança incandescente. De qualquer modo, além dos especialistas enviados pelo doutor Rudolf, que reuniam toda a sorte de informações concernentes à forma e à intensidade luminosa do relâmpago, veio também um famoso diletante, autor de vários estudos sobre a *Etrusca Disciplina*.[26] Em menos de uma semana, conseguiu reconstituir o perímetro em que a chuva irrompeu e interpretava agora o simbolismo do espaço em que o raio caiu.

— Mas todas essas pesquisas e investigações só têm um valor puramente anedótico — continuou o professor. — A única coisa grave é a decisão do doutor Rudolf no sentido de iniciar as experiências de eletrocussão tão logo o dossiê seja finalizado depois de algumas conversas com você.

— Mas o que mais eu poderia lhe dizer? — perguntou.

— Isso ninguém sabe. Ele talvez obtenha alguma informação suplementar mediante certas experiências de laboratório; produzindo, por exemplo, uma série de relâmpagos artificiais, na esperança de que você reconheça, pela intensidade da incandescência, o raio que o atingiu. Talvez queiram ouvir diretamente da sua boca o que você sentiu naquele instante e por que você afirma que se sentiu como que aspirado por um ciclone em ebulição que rebentara bem no topo

[26] Título genérico latino de uma coleção de livros que versava sobre os ritos religiosos etruscos, com ênfase nas artes divinatórias. Foi citada por autores como Tito Lívio, Cícero e Sérvio, e quase inteiramente destruída pelas autoridades cristãs no século V. (N. do T.)

do seu crânio. Não sei. Presume-se, entretanto, que as experiências de eletrocussão serão realizadas com prisioneiros políticos. E um tal crime deve ser evitado a todo custo...

Dominic deixara o bigode crescer, exatamente como lhe pediram, espesso e descuidado.

— A alteração da sua aparência vai se dar mais tarde — disse-lhe na noite de 25 de setembro.

Custou a disfarçar sua excitação.

— Chamberlain e Daladier[27] estão em Munique — disse-lhe ao entrar. — Tudo pode se precipitar de um dia para o outro. Os que se ocupam do seu caso mudaram de planos — retomou depois, sentando-se na poltrona. — Você será transferido à noite, em total segredo, mas de modo que os outros saibam, ou melhor, vejam o automóvel que o levará. Mais tarde, a uns vinte, vinte e cinco quilômetros...

— Acho que já adivinhei o resto — interrompeu, sorrindo. — A uns vinte, vinte e cinco quilômetros de Bucareste será forjado um acidente...

— Exato. Haverá até mesmo algumas testemunhas. A imprensa vai falar de um acidente como qualquer outro, em que morreram carbonizados três homens. Mas vários serviços de informação descobrirão que as vítimas terão sido você e os dois agentes que o acompanhavam, rumo a um local desconhecido. Vão dar a entender que eles queriam protegê-lo, levando-o a um lugar seguro. Aliás, é o que vai acontecer — retomou após uma pausa. — Não sei onde vão escondê-lo. Mas é lá que vão lhe fazer aquelas alterações sobre as quais lhe falei. No mais tardar dentro de um mês, com um passa-

---

[27] Em 29 de setembro de 1938, firmou-se o Acordo de Munique, que visava dar uma solução à crise dos Sudetos, mas de fato deu rédea larga ao expansionismo nazista. O documento foi assinado pelos primeiros-ministros da Inglaterra e da França, Neville Chamberlain e Édouard Daladier, e, representando Itália e Alemanha, por Benito Mussolini e Adolf Hitler. (N. do T.)

porte autêntico, você será levado para Genebra, não sei como, não me disseram. Bernard propôs Genebra; ele acha que, atualmente, Paris não é dos lugares mais seguros. Mas ele irá visitá-lo em breve. Eu também irei — acrescentou em seguida. — Pelo menos, essa é a minha intenção...

III

Não chegou mais a rever o professor. Este morreu no fim de outubro. Temia que isso viesse a acontecer desde o dia em que, tão logo entrara no quarto, disparara: "A situação é muito mais grave do que supúnhamos!...". Naquela ocasião, vira como ele apertava a mão contra o peito e caía no chão, gemendo; depois ouvira um grito, portas batendo, passos rápidos afastando-se pela escada. Só quando o professor se aproximou dele e lhe perguntara "Não está se sentindo bem? Teve uma noite ruim?", é que ele voltara a si. Mas desde então a visão o perseguia continuamente. Quando o doutor Bernard lhe disse: "Tenho uma notícia triste para lhe dar", ele quase respondeu: "Eu sei, o professor morreu...".

O doutor Bernard ia visitá-lo ao menos uma vez por mês. Passavam quase o dia inteiro juntos. Às vezes, depois de ouvi-lo responder a certas perguntas, ele aproximava o gravador e pedia que repetisse. Felizmente eram perguntas relacionadas à memória, a alterações de comportamento (relações com pessoas, com animais, com acontecimentos, comparadas à sua maneira anterior de se comportar), à readaptação da personalidade a uma situação paradoxal ("acha que ainda pode se apaixonar, como na época em que tinha a mesma idade que recuperou agora?"), perguntas às quais podia responder sem temor. Bernard lhe trazia, toda vez, uma soma em dinheiro ("dos fundos colocados à disposição pela Fundação Rockefeller", precisara). Também ele lhe facilitara a matrícula na universidade, confiando-lhe a responsabilidade de preparar o material para uma História da Psicologia Médica.

Após a ocupação da França,[28] passou muito tempo sem notícias, apesar de continuar recebendo a cada três meses, até dezembro de 1942, um cheque diretamente da Fundação Rockefeller. No início de 1943, chegou-lhe uma carta do doutor Bernard, postada em Portugal. Anunciava que em breve lhe escreveria "uma longa carta, pois tenho muito o que contar". Mas não recebeu mais nada. Só depois da libertação da França, ao procurar um dos assistentes do professor Bernard, ficaria sabendo que este morrera num desastre de avião, no Marrocos, em fevereiro de 1943.

Todo dia ele ia à biblioteca e solicitava vários livros e coleções de revistas antigas. Folheava-os atentamente, fazia anotações, redigia fichas bibliográficas, mas todo esse trabalho era um disfarce. Tão logo lia as primeiras linhas, *sabia* o que viria depois; embora não compreendesse o processo de anamnésia (como se acostumara a chamá-lo), descobriu que conhecia de antemão qualquer texto que tivesse diante dos olhos, cujo conteúdo *desejasse* saber. Algum tempo depois de começar o trabalho na biblioteca, teve um sonho longo e dramático, do qual recordava apenas fragmentos, pois o interrompera, despertando várias vezes. Um detalhe, sobretudo, o impressionara: depois da eletrocussão, sua atividade mental de algum modo antecipava a condição que os seres humanos alcançariam dentro de algumas dezenas de milhares de anos. A principal característica da nova humanidade seria a estrutura da vida psicomental: tudo o que foi pensado ou realizado por seres humanos no passado, transmitido por via oral ou escrita, será recuperado mediante um determinado

[28] A ocupação deu-se em junho de 1940. (N. do T.)

exercício de concentração. E a educação consistiria então no aprendizado desse método, sob o controle de instrutores.

"Em suma, sou um 'mutante'", pensou, despertando. "Antecipo a existência do homem pós-histórico. Como num romance de ficção científica", acrescentou, sorrindo e achando graça. Ele fazia essas reflexões irônicas, em primeiro lugar, para as potências que cuidavam dele. "De certo modo, é verdade", ouviu o pensamento. "Mas, à diferença dos personagens dos romances de ficção científica, você teve preservada a liberdade de aceitar ou recusar essa nova condição. Se em algum momento você, por um motivo ou outro, desejar se reintegrar à condição anterior, terá toda a liberdade para fazê-lo..."

Respirou profundamente. "Então, sou *livre*!", exclamou depois de olhar atentamente em volta. "Sou *livre*... E no entanto..." Mas não se atreveu a concluir seu pensamento.

Desde 1939, decidira registrar suas últimas experiências num diário especial. Começou comentando esse fato que, parecia-lhe, poderia confirmar a "humanidade do homem pós-histórico": o conhecimento espontâneo, de certo modo automático, não anula o interesse da pesquisa, nem a alegria da descoberta. Escolhera um exemplo de fácil verificação: o prazer com que o amante de poesia lê um poema que ele conhece quase de cor. Embora possa recitá-lo de memória, por vezes prefere lê-lo. Porque essa nova leitura lhe permite descobrir belezas e significados antes inimagináveis. Do mesmo modo, esse imenso conhecimento que ele recebera já pronto, todas as línguas e literaturas que passara de repente a dominar, não diminuíram a alegria de aprendê-las e pesquisá-las.

Relidas depois de alguns anos, certas frases o encantavam: "Só se pode aprender bem e com prazer aquilo que já se conhece". Ou: "Não me comparem com um computador eletrônico. Assim como eu, se alimentado corretamente, o computador é capaz de recitar a *Odisseia* ou a *Eneida*; mas eu as recito de uma maneira *diferente* a cada vez". Ou: "Os gozos que qualquer criação cultural pode propiciar (enfatizo: criação *cultural*, não apenas artística) são ilimitados".

Recordava sempre com misteriosa emoção a epifania das duas rosas. Mas por vezes comprazia-se em contestar sua validade como argumento filosófico. Seguiam-se então longos diálogos com os quais ele se deliciava; prometera inclusive escrevê-los, sobretudo por seu valor — assim lhe parecia — literário. Da última vez, porém, o diálogo acabou muito rápido, abruptamente até. "No fundo", disse a si mesmo naquela noite de inverno de 1944, "tais fenômenos parapsicológicos podem ser causados por uma força desconhecida, mas que o inconsciente pode controlar." "É verdade", ouviu o pensamento. "Toda ação é executada por uma força mais ou menos conhecida. Mas, depois de tantas experiências, você deveria rever seus princípios filosóficos. Você sabe a que me refiro..." "Acho que sim", reconheceu, sorrindo.

Várias vezes, nos últimos anos da guerra, percebera que suas economias no banco estavam no fim. Punha-se a esperar, ao mesmo tempo curioso e impaciente, pela solução da crise. Da primeira vez, recebera um vale postal de 1.000 francos de uma pessoa da qual nunca tinha ouvido falar. Sua carta de agradecimento retornou com a indicação: "Não encontrado no endereço".

Em outra ocasião, encontrou-se, por acaso, no restaurante da estação de trem, com uma colega. Ao saber que iria passar uma semana em Monte Carlo, pediu-lhe que entrasse, no terceiro dia, no Cassino, às 7 da noite — insistiu, porém, que fosse *exatamente* às 7 — e que apostasse, na primeira mesa do primeiro salão de roletas, 100 francos num determinado número. Pediu-lhe que mantivesse segredo e repetiu o pedido depois que a jovem lhe trouxe, admirada, 3.600 francos.

Um outro episódio o impressionou especialmente (e fora nele que pensara pela primeira vez ao ouvir: "Você sabe a que me refiro..."). Estava passando diante das três vitrines da loja de selos, como fazia sempre que voltava da biblioteca. Dessa vez, sem compreender o motivo, deteve-se e começou a observá-las, ao acaso. Nunca se interessara por filatelia e se perguntava por que não conseguia sair da frente de uma das vitrines, justo a que parecia ser a menos atraente. Ao bater os olhos num álbum velho e de aspecto modesto, soube que devia comprá-lo. Custava 5 francos. Ao chegar em casa, começou a folheá-lo, atento, curioso, mas sem saber o que procurava. O álbum sem dúvida pertencera a um principiante, talvez a um estudante de liceu. Até mesmo ele, que não dominava o assunto, podia perceber que os selos eram recentes e banais. De repente, decidido, pegou uma lâmina de barbear e começou a cortar as capas de cartão. Retirou do seu interior, com grande cuidado, alguns envelopes de celofane, cheios de selos antigos. Era fácil adivinhar o que acontecera: alguém, perseguido pelo regime, tentara e conseguira dessa maneira retirar da Alemanha um grande número de selos raros.

No dia seguinte, voltou e perguntou ao dono da loja se ainda se lembrava de quem lhe vendera o álbum. Não sabia: ele o comprara junto com um lote de álbuns velhos, num leilão, alguns anos atrás. Ao mostrar-lhe os selos retirados da cartonagem, o comerciante empalideceu.

— Já há muito tempo que não se têm visto tais raridades — disse — nem na Suíça, nem em qualquer outro país. Se os vender agora — acrescentou — poderá ganhar pelo menos 100 mil francos. Mas, se esperar um pouco mais, poderá obter até o dobro num leilão internacional...

— Tendo em vista que os comprei do senhor por uma bagatela, acho que seria correto dividirmos o ganho meio a meio. Mas eu preciso agora de alguns milhares de francos. O resto, à medida que vender os selos, o senhor pode depositar na minha conta...

"Leibniz se apaixonaria por essas coincidências do acaso!", pensou, sorrindo. "Sentir-se obrigado a rever seus princípios filosóficos porque de uma maneira misteriosa..."

Desde 1942, sabia que a versão do acidente não era mais aceita pela Gestapo, nem por outros serviços de informação que, por variados motivos, estavam interessados no seu caso. É muito provável que algumas indiscrições tenham sido cometidas em Bucareste, ulteriormente corroboradas por certos detalhes obtidos em Paris, junto ao círculo de assistentes de Bernard. Mas, mesmo que se descobrisse que estava morando em Genebra, não conheciam sua aparência nem o seu nome. Para sua surpresa, entretanto, percebeu uma noite, ao sair de um café, que estava sendo seguido. Conseguiu despistar seus perseguidores e passou uma semana num vilarejo perto de Lucerna. Logo após o seu retorno, o incidente se repetiu: dois homens de idade indefinível, vestindo capas, estavam à sua espera em frente à biblioteca. Justo naquele momento, ia saindo um dos bibliotecários; Matei pediu licença para acompanhá-lo. Depois de algum tempo, quando o bibliotecário não tinha mais como duvidar de que realmente estavam sendo seguidos, os dois tomaram um táxi. Um cunhado do bibliotecário era funcionário do Departamento de Estrangeiros. Por meio dele soube mais tarde que havia sido confundido com um agente secreto, e até lhe deram um número de telefone para usar em caso de emergência. Divertia-o o fato de que, embora a Gestapo estivesse em seu encalço, e provavelmente também outros serviços, a ameaça mais imediata se devesse à confusão com um simples informante ou um agente secreto...

Desde o primeiro ano, aconselhado pelo doutor Bernard, ele guardava os cadernos com suas anotações pessoais num cofre no banco. Mais tarde, desistiu dos cadernos; escrevia num bloquinho, que carregava todo o tempo consigo. Certas páginas, que continham relatos demasiado íntimos, ele tratava de guardá-las no cofre tão logo as escrevia.

Exatamente na noite em que se refugiara perto de Lucerna, decidiu terminar suas notas autobiográficas:

"Não sou *clarividente*, nem ocultista, nem faço parte de nenhuma sociedade secreta. Um dos documentos depositados no cofre resume a vida que comecei a levar na primavera de 1938. As primeiras experiências foram descritas e analisadas nos relatórios dos professores Roman Stanciulescu e Gilbert Bernard, encaminhados por esse último a um laboratório da Fundação Rockefeller. Eles, porém, tratam apenas dos aspectos exteriores do processo de mutação iniciado em abril de 1938. Devem ser contudo mencionados pois legitimam, o mais cientificamente possível, as informações contidas nos outros documentos depositados no cofre.

"Não duvido de que o eventual pesquisador, ao começar a percorrer os documentos citados, se faça a mesma pergunta que eu mesmo me fiz, várias vezes, nos últimos anos: *por que eu?*, por que essa mutação ocorreu justamente comigo? A partir da breve autobiografia que se encontra na pasta 'A', pode-se verificar claramente que, mesmo antes de sofrer a ameaça de uma amnésia total, eu não conseguira realizar grande coisa. Na juventude, fui apaixonado por muitas ciências e disciplinas mas, além de uma imensa leitura, não realizei nada. Então, por que eu? Não sei. Talvez porque eu não tenho família. Há, com certeza, muitos outros intelectuais sem família; talvez eu tenha sido escolhido por ter sempre desejado, durante a juventude, deter um conhecimento universal e, então, bem no momento em que eu estava prestes a perder completamente a memória, foi-me dado tamanho conhecimento universal que só será acessível ao ser humano dentro de muitos milhares de anos...

"Escrevi esta nota pois, caso eu desapareça agora, o que contrariaria todas as previsões, faço questão de deixar registrado que não tenho nenhum mérito ou responsabilidade nesse processo de mutação que descrevi, com o máximo detalhamento, nos cadernos reunidos na pasta 'A'."

No dia seguinte, continuou:

"Tendo em conta os motivos expostos na pasta 'B', fui trazido 'camuflado' para a Suíça em outubro de 1938. Pode parecer incompreensível que, até a data de hoje, 20 de janeiro de 1943, eu não tenha ainda sido identificado (e, para usar um termo mais forte, capturado). O eventual leitor há de se perguntar como fui capaz de passar despercebido tantos anos, embora constituísse um caso excepcional: eu era um 'mutante', dispunha de meios de conhecimento ainda inacessíveis ao ser humano. Essa pergunta eu também me fiz, várias vezes entre 1938 e 1939. Mas acabei compreendendo rapidamente que não corria o risco de me trair — e ser, portanto, identificado — pelo simples motivo de que me comporto, diante dos outros, como um intelectual qualquer. Como dizia, por volta de 1938-39, tive medo de me trair enquanto conversava com meus professores e colegas da universidade: eu *sabia* mais do que qualquer um deles e *compreendia* coisas de cuja existência eles nem sequer desconfiavam. Mas, para minha surpresa e meu grande alívio, descobri que, na presença dos outros, *eu não podia me revelar como era*; justamente do mesmo modo como, ao conversar com uma criança, um adulto sabe que não pode comunicar — e, portanto, nem tenta comunicar — fatos e significados inacessíveis à capacidade mental da criança. Essa camuflagem contínua das imensas possibilidades que me foram postas à disposição não me obrigou a levar uma 'vida dupla'; assim como, na presença das crianças, os pais e os pedagogos não vivem uma 'vida dupla'.

"De certo modo, minha experiência encerra um valor exemplar. Se alguém me dissesse que entre nós existem santos ou magos autênticos, ou *Boddisatvas*, ou qualquer tipo de pessoa dotada de poderes miraculosos, eu acreditaria. Pelo seu próprio modo de existir, tais homens não podem ser reconhecidos pelos profanos."

Na manhã de 1º de novembro de 1947, decidiu não escrever mais suas anotações em francês, mas numa língua artificial que, nos meses anteriores, havia concebido com entusiasmo, quase com paixão. Encantava-o sobretudo a extraordinária flexibilidade da gramática e as infinitas possibilidades do vocabulário (lograra introduzir no sistema de proliferação puramente etimológico um corretivo tomado de empréstimo da teoria dos conjuntos). Era capaz agora de descrever situações paradoxais, aparentemente contraditórias, impossíveis de serem expressas nas línguas existentes. Construído dessa forma, esse sistema linguístico só poderia ser decifrado por um avançado computador eletrônico; ou seja, segundo seus cálculos, não antes de 1980. Ao abrigo dessa certeza, sentiu-se à vontade para revelar fatos que antes não ousava registrar.

Como de costume, depois de uma manhã consagrada ao trabalho, saiu para dar um passeio à beira do lago. Na volta, parou no café Albert. Tão logo o viu, o garçom pediu um café e uma garrafa de água mineral. Em seguida trouxe-lhe os jornais, mas não teve tempo de folheá-los. Um homem alto, distinto ("como que saído de um quadro de Whistler", pensou), ainda muito jovem embora o estilo antiquado do terno lhe acrescentasse pelo menos cinco, seis anos, postou-se diante dele e pediu licença para se sentar à sua mesa.

— É curioso nos encontrarmos justo hoje, um dia tão importante para o senhor — disse ele. — Eu sou o Conde de Saint-Germain.[29] Pelo menos é assim que me chamam —

---

[29] Uma das figuras mais misteriosas do século XVIII, possivelmente nascido na Transilvânia, atual Romênia, o Conde de Saint-Germain (1696-

acrescentou, com um sorriso amargo. — Mas não é estranho este encontro, poucos dias depois da descoberta dos manuscritos essênios do Mar Morto? Certamente o senhor também ficou sabendo...

— Só pelos jornais — disse.

Fitou-o por algum tempo e sorriu. Depois, ergueu a mão:

— Duplo, sem açúcar — precisou. — Todo encontro desse tipo — recomeçou, depois que o garçom lhe servira o café —, todos os encontros entre personagens inverossímeis, como nós, têm um quê de pastiche. Culpa da má literatura, da literatura pseudo-ocultista — acrescentou. — Mas devemos nos resignar: não se pode fazer nada contra o folclore medíocre; as lendas que encantam a alguns de nossos contemporâneos são de um gosto deplorável... Lembro-me de uma conversa com Matila Ghyka,[30] em Londres, no verão de 1940. Foi pouco depois da invasão da França. Esse admirável sábio, escritor e filósofo (diga-se de passagem, aprecio muito não só *Le nombre d'or*, como todo mundo, mas também seu romance de juventude, *La pluie d'étoiles*), esse inigualável Matila Ghyka me dizia que a Segunda Guerra Mundial, que então acabava de começar, era na verdade uma guerra oculta entre duas sociedades secretas: entre os Templários e os Cavaleiros Teutônicos... Se um homem da inteligência e da cultura de um Matila Ghyka era capaz de acreditar numa coisa dessas, não admira o atual menosprezo pelas tradições ocultas... Mas vejo que não diz nada — acrescentou, sorrindo.

1784) foi tido como místico e alquimista, considerado, em relatos ocultistas, como imortal, possuidor do elixir da juventude ou da pedra filosofal. (N. do T.)

[30] Matila Ghyka (1881-1965), intelectual, matemático, poeta e historiador romeno, pertencente a uma família de nobres moldavos. Foi autor de vários romances, entre os quais os dois citados a seguir. (N. do T.)

— Estava escutando. O assunto me interessa...

— Nem é mesmo necessário que o senhor fale muito. Peço-lhe apenas que, no fim, me responda a uma pergunta... Não ousaria afirmar que sei quem o senhor é — retomou depois de uma pausa. — Mas somos um grupo que, desde 1939, sabe de sua existência. O fato de o senhor ter surgido de repente, à margem das tradições que conhecemos, nos leva a crer que, por um lado, deve ter uma missão especial e, por outro, que possui meios de conhecimento muito superiores àqueles de que dispomos... Não é necessário que me confirme tudo o que digo — afirmou. — Vim procurá-lo hoje porque a descoberta dos manuscritos essênios do Mar Morto é o primeiro sinal de uma síndrome bem conhecida. Logo virão outras descobertas, no mesmo sentido...

— O que quer dizer? — interrompeu, sorrindo.

— Vejo que quer me testar. Talvez tenha razão... Mas o significado da descoberta é claro: os manuscritos de Qumran revelam a doutrina dos essênios, uma comunidade secreta sobre a qual quase nada se sabia com exatidão. Do mesmo modo, os manuscritos gnósticos recentemente descobertos no Egito, e que ainda não foram estudados, revelarão certas doutrinas esotéricas, ignoradas por quase dezoito séculos. Em breve vão se seguir outras descobertas semelhantes, que trarão à tona outras tradições que permaneceram ocultas até o dia de hoje. A síndrome a que me refiro é esta: a revelação em série das doutrinas secretas. O que significa a iminência do apocalipse. O ciclo se fecha. Isso já se sabia há muito tempo, mas agora, depois de Hiroshima, sabemos como ele se fechará...

— É verdade — murmurou, ausente.

— A pergunta que eu queria lhe fazer é a seguinte: dispondo dos conhecimentos que lhe foram transmitidos, o senhor sabe algo de preciso sobre o modo como será organizada... a Arca?

— A Arca? — perguntou, surpreso. — O senhor se refere a uma réplica da Arca de Noé?

O outro tornou a fitá-lo longamente, expressando um misto de curiosidade e irritação.

— Era só uma metáfora — continuou. — Uma metáfora que se reduziu a clichê — acrescentou. — Ela pode ser encontrada em toda a má literatura que se diz ocultista... Referia-me à transmissão da tradição. Sei que o essencial nunca se perde. Mas eu estava pensando nas outras, muitas tradições, que, embora não representem o essencial, parecem-me contudo indispensáveis para uma existência verdadeiramente humana; por exemplo, o tesouro artístico ocidental, em primeiro lugar a música e a poesia, mas também parte da filosofia clássica, e certas ciências...

— Acho que o senhor está tentando imaginar o que os poucos sobreviventes do cataclismo poderão pensar sobre a ciência — interrompeu-o, sorrindo. — É provável que o homem pós-histórico, como tem sido chamado, o homem pós-histórico venha a ter aversão à ciência por pelo menos cem, duzentos anos...

— É bem provável — continuou. — Mas eu estava pensando na matemática... Enfim, era mais ou menos isso que eu queria lhe perguntar.

Permaneceu pensativo por bastante tempo, hesitando.

— Do que pude compreender de sua pergunta, só posso lhe dizer que...

— Obrigado, já entendi! — exclamou, sem conseguir ocultar sua alegria.

Fez uma profunda reverência, apertou-lhe a mão comovido e dirigiu-se para a porta. Observou-o enquanto se afastava, apressado, como se alguém na rua o aguardasse.

— Eu lhe fiz sinais várias vezes — disse o dono do estabelecimento, a meia-voz —, mas o senhor não me viu. Ele foi, no passado, um cliente nosso; todo o mundo o conhece: *monsieur* Olivier, mas há quem o chame de doutor, doutor Olivier Brisson. Foi preceptor durante algum tempo, até que um dia, sem avisar ninguém, abandonou a escola e a cidade. Acho que não bate bem. Puxa conversa com as pessoas apresentando-se como o Conde de Saint-Germain...

Recordou aquele encontro ao observar que, de um modo estranho, o cenário começava a se repetir. Naquele mesmo ano, ele travara amizade com Linda Gray, uma jovem californiana que tinha para ele, entre outras, a grande qualidade de desconhecer o ciúme. Certa noite, de supetão, quando ainda não se servira da segunda xícara de café, ela lhe disse:

— Soube que você foi amigo de um famoso médico francês...

— Ele morreu — interrompeu-a. — Morreu num acidente de avião, no inverno de 1943...

A jovem acendeu o cigarro e, depois da primeira tragada, continuou, sem olhar para ele:

— Há quem acredite que não foi um acidente. Que o avião em que viajava foi derrubado porque... Enfim, não entendi muito bem, mas você saberá em breve. Eu disse a ele que viesse às nove — acrescentou, consultando o relógio.

— Quem vem às nove? — perguntou, sorrindo.

— O doutor Monroe. É diretor, ou qualquer coisa desse gênero, do Laboratório de Gerontologia de Nova York...

Reconheceu-o imediatamente. Já o vira algumas vezes na biblioteca e, mais recentemente, poucos dias atrás, no café. Ele pediu licença para se sentar à mesa e, mal se acomodara, perguntou-lhe se havia conhecido o professor Bernard.

— Conheci-o muito bem — respondeu. — Mas prometi jamais falar sobre a história e o significado da nossa amizade...

— Desculpe, mas fui obrigado a recorrer a esse expediente — começou a falar, estendendo-lhe a mão. — Sou o doutor Yves Monroe, estudei o material do professor Bernard em Nova York. Como biólogo e gerontologista, interessa-me uma coisa em especial: impedir a proliferação de mitos novos e perigosos: por exemplo, a crença de que a juventude e a vida podem ser prolongadas de *outra maneira* que não pelos meios estritamente bioquímicos que hoje utilizamos. O senhor sabe a que estou me referindo?

— Não.

— Refiro-me sobretudo ao método proposto pelo doutor Rudolf: eletrocussão mediante choques de um milhão, um milhão e meio de volts... É um desvario!

— Não creio que o método tenha sido aplicado alguma vez, felizmente.

O doutor pegou do copo de uísque e, absorto, começou a girá-lo entre os dedos.

— Não, não foi mesmo — disse depois de uma pausa, seguindo com o olhar os cubos de gelo. — Espalhou-se porém uma lenda segundo a qual o doutor Bernard teria conhecido um caso de certa forma análogo, um caso de rejuvenescimento provocado pela descarga elétrica de um raio. Mas o material depositado no laboratório Rockefeller é tão vago e confuso que dele não se pode extrair nenhuma conclusão. Ademais, soube que parte das gravações se perdeu; ou, para ser mais exato, foi destruída por engano, quando tentaram copiá-la em discos mais avançados... De qualquer modo, segundo o que foi possível resgatar, os dados registrados pelo professor Bernard se referem exclusivamente às fases de recuperação e de reintegração psicomental do paciente atingido pelo raio...

Calou-se e, sem aproximá-lo dos lábios, colocou atentamente o copo na mesa.

— ... Tomei a liberdade de forçar este encontro — retomou — na esperança de que o senhor pudesse esclarecer uma questão um tanto obscura. Acaba de confirmar que conheceu bem o professor Bernard. Recentemente, espalhou-se o boato de que os registros mais importantes estavam de posse dele, em duas valises, e que o avião que deveria atravessar o Atlântico foi derrubado justamente por causa dessas valises; não se sabe ao certo o que continham, mas um dos serviços secretos rivais preferiu, digamos, garantir-se e evitar correr riscos... O senhor tem alguma informação mais precisa quanto ao conteúdo dessas valises?

Encolheu os ombros, embaraçado.

— Acho que só os assistentes do doutor Bernard, em Paris, poderiam dar algum esclarecimento...

O doutor sorriu com certo esforço, tentando disfarçar a decepção.

— Os que ainda se lembram de alguma coisa declaram que não sabem de nada. E os outros fingem que esqueceram... Li também os artigos do professor Roman Stanciulescu em *La Presse Médicale* — retomou, após uma pausa. — Stanciulescu, infelizmente, morreu no outono de 1939. Um dos meus colegas, em missão em Bucareste, escreveu-me há pouco dizendo que todos os seus esforços no sentido de obter mais alguma informação dos assistentes do professor Stanciulescu foram infrutíferos...

Pegou de novo seu copo de uísque, tornou a girá-lo várias vezes entre os dedos, e o aproximou dos lábios; com grande cuidado, bem devagar, começou a beber em pequenos goles.

— Graças à intervenção do doutor Bernard, o senhor contou, durante uns três ou quatro anos, com uma bolsa Rockefeller. Qual foi seu objeto de pesquisa?

— Levantar material para uma história da psicologia médica — respondeu. — Encaminhei-o, em 1945, aos colaboradores do professor Bernard, em Paris...

— Interessante — replicou Monroe, erguendo bruscamente o olhar do copo para esquadrinhá-lo.

Naquela noite, Matei voltou para casa melancólico, meio preocupado. Não tinha certeza se o médico havia descoberto sua identidade. Por outro lado, não entendia quem ele achava que era: um amigo pessoal de Bernard? Um paciente? Se ele havia realmente escutado as gravações de Genebra, feitas entre 1938 e 1939, deveria ter reconhecido sua voz... No dia seguinte, a pergunta de Linda o tranquilizou:

— A que o doutor se referia, ontem à noite, quando me chamou à parte e me disse: "se um dia ele lhe disser que tem mais de setenta anos, não acredite"...?

Poucas semanas depois, quando passava diante de um café recém-inaugurado, ouviu um grito em romeno:

— Senhor Matei! Senhor Dominic Matei!...

Voltou-se, assustado. Um jovem alto, loiro, com a cabeça descoberta, dirigia-se apressado em sua direção, tentando ao mesmo tempo abrir a pasta que levava consigo.

— Aprendi um pouco de romeno — disse ele, num francês retorcido — mas não me atrevo a falar. Sabia que o senhor estava aqui em Genebra e, com tantas fotografias à disposição, não foi difícil reconhecê-lo...

Enfiou a mão nervosamente na pasta e mostrou-lhe algumas fotografias, de frente e de perfil, de diversos ângulos. Haviam sido tiradas no outono de 1938 pelo próprio cirurgião que conseguira modificar tão radicalmente os traços de sua fisionomia.

— Por via das dúvidas — acrescentou, sorrindo —, também trago comigo, aqui nesta pasta, seu álbum de família. Entremos um instante neste café — continuou, abrindo a porta. — Nem pode imaginar a emoção que senti ao avistá-lo. Temi que, ao me ouvir gritar "Senhor Matei!", não se virasse...

— Era o que estava decidido a fazer — respondeu, sorrindo. — Mas, reconheço, fiquei curioso...

Sentaram-se a uma mesa e, depois de pedirem uma limonada quente e uma garrafa de cerveja, o desconhecido começou a olhá-lo com fascinação e ao mesmo tempo com desconfiança.

— Há algumas semanas, em 8 de janeiro, o senhor completou oitenta anos! — sussurrou. — E não parece ter mais que trinta, trinta e dois... E o senhor tem essa aparência para tentar esconder sua idade...

— Ainda não sei com quem tenho a honra de falar...

— Desculpe — disse ele, depois de dar um gole do copo de cerveja. — Ainda estou muito emocionado. Como se diz no jóquei clube, apostei tudo num cavalo, e ganhei!... Sou Ted Jones Junior, correspondente do *Time Magazine*... Tudo começou há uns dez anos, quando li a sua entrevista: "*Being struck by the thunder*".[31] Fiquei extremamente impressionado, mesmo depois de descobrir que era apócrifa. Depois veio a guerra, e muito pouca gente ainda se lembrava da entrevista.

Esvaziou o copo de cerveja, perguntou-lhe se podia continuar em inglês e se a fumaça do cachimbo o incomodava.

— Dois anos atrás, quando se descobriu o famoso arquivo secreto do doutor Rudolf, começaram a falar de novo sobre o seu caso, baseando-se, é claro, apenas no material reunido por Gilbert Bernard. Não se sabia de mais nada, nem mesmo se o senhor ainda vivia ou não. Infelizmente, o doutor Rudolf foi um famoso nazista — ele se suicidou, aliás, uma semana antes do fim da guerra — e, portanto, tudo o que está relacionado às suas experiências é suspeito...

— Que tipo de experiências? — perguntou.

— Eletrocussão de animais, sobretudo mamíferos... Com choques de um milhão e duzentos mil a dois milhões de volts.

— E com que resultados?

O jornalista esboçou um sorriso e tornou a encher seu copo de cerveja.

— É uma longa história — começou.

Pareceu-lhe de fato longa, obscura e pouco conclusiva. Os primeiros pesquisadores do arquivo Rudolf teriam afirmado que, em certos casos, as cobaias não haviam morrido

[31] Em inglês no original: "Atingido pelo raio". (N. do T.)

com o choque elétrico, mas, como as experiências cessaram poucos meses depois, as consequências da eletrocussão não puderam ser avaliadas. Em outros casos, teria sido constatada uma alteração no código genético. Alguns pesquisadores teriam interpretado tais alterações como um princípio de mutação. Mas, sem que se conheça com precisão em que circunstâncias, inúmeras peças do arquivo, dentre as mais valiosas, desapareceram. De qualquer modo, na ausência de qualquer indicação relativa a experiências com seres humanos, o dossiê Rudolf não era concludente. Por outro lado, a imensa maioria dos cientistas americanos recusavam *a priori* a hipótese de regeneração mediante eletricidade.

— A única prova era e continua a ser o senhor! — exclamou. — Era de se esperar, portanto, que o parco material salvo pelo professor Bernard fosse sistematicamente menosprezado e, em certos casos, destruído.

— O senhor acredita mesmo que foi assim?

O outro hesitou por alguns instantes, fitando-o com um sorriso.

— Tenho fortes motivos para não duvidar. Tive a sorte de ser enviado à Romênia, como correspondente...

Pouco antes de chegar a Bucareste, ele estudara um pouco de romeno e aprendera o básico, suficiente para ler e se virar sozinho na rua e nas lojas. Teve a sorte de conhecer o doutor Gavrila e logo fazer amizade com ele, que estava em posse do álbum de família e de toda a documentação reunida pelo professor.

— Que artigo fantástico eu teria publicado! "O homem rejuvenescido pelo raio"! Com fotos, documentos, declarações do professor Roman Stanciulescu, do doutor Gavrila e dos outros que cuidaram do senhor, mais a entrevista que eu lhe faria agora e outras tantas fotografias tiradas aqui, em Genebra, em fevereiro de 1948!...

O jornalista fez uma pausa, tentou reacender o cachimbo, logo desistiu e o fitou diretamente nos olhos:

— Embora o seu inglês seja perfeito, vejo que o senhor prefere não se manifestar.

— Estou aguardando o resto...

— Tem razão — retomou. — O resto é tão espetacular e misterioso quanto sua própria experiência. Por motivos de ordem ética e política, o artigo não pôde ser publicado. Tudo o que possa gerar alguma confusão, ou seja, tudo o que, de um modo ou de outro, possa parecer que confirma a teoria do doutor Rudolf, tem sua publicação proibida. Principalmente agora — acrescentou com um sorriso — quando está sendo votada a liberação de grandes verbas para os institutos de pesquisas gerontológicas... E agora? Não me diz nada?

Dominic apenas sacudiu os ombros.

— Penso que tudo está acontecendo como deveria. Lamento que tenha desperdiçado seu tempo e seu trabalho, mas as consequências do seu artigo seriam mesmo desastrosas. Se as pessoas, ou melhor, se *certas* pessoas tivessem *certeza* de que a eletrocussão pode ser a chave da regeneração e do rejuvenescimento, seriam capazes de qualquer coisa... Creio que é melhor deixarmos os bioquímicos e gerontologistas continuarem suas pesquisas. Mais cedo ou mais tarde, um belo dia chegarão às mesmas conclusões...

O outro fumava, observando como ele bebia sua limonada quente.

— Em todo caso — continuou — aqui também se trata do senhor. Quando estava planejando o artigo, não pensei no quanto sua publicação poderia transformar sua vida.

— De certo modo — interrompeu-o Matei, aos risos —, já começou a transformá-la. Como o senhor conseguiu me encontrar tão facilmente? Eu imaginava que o doutor Gavrila, assim como todos os outros na Romênia, me dessem por morto há muito tempo, vítima de um acidente de carro...

— É o que a maioria deles acha. É o que também o doutor Gavrila achava até o dia em que lhe informei, em grande segredo, que o senhor está vivo e mora aqui, em Genebra...

Não pense que realizei essa descoberta com a ajuda de alguém — acrescentou, com um sorriso enigmático. — Descobri tudo por conta própria, depois de saber que o doutor Monroe tinha vindo a Genebra para apurar certos detalhes com um amigo do professor Bernard. Adivinhei na hora que o tal amigo só poderia ser o senhor. É claro que Monroe e os outros do laboratório de gerontologia não acreditam, *não podem acreditar* em semelhante coisa...

— Que boa notícia está me dando...

— A verdade será revelada, afinal — continuou Jones, sem tentar esconder sua satisfação. — A história é bonita demais para permanecer sepultada no silêncio. Vou escrever um romance — acrescentou, pondo-se a limpar o cachimbo. — Aliás, já comecei. Não representará nenhum risco para o senhor. A ação se passará no México, antes e ao longo da guerra, e a maioria dos personagens serão mexicanos. É claro que vou lhe enviar o romance, se, quando sair, o senhor ainda for amigo de Linda. Eu conhecia bem o irmão dela, o piloto, aquele que morreu em Okinawa...

Parou de repente, como se tivesse se lembrado de algo importante, e abriu a pasta.

— Não posso me esquecer do seu álbum de família — disse. — Prometi ao doutor Gavrila que, se conseguisse encontrar o senhor, eu o entregaria... São documentos valiosos, lembranças de, como dizer?, lembranças de sua primeira juventude...

Tão logo chegou em casa, embrulhou o álbum num papel azul, introduziu-o num envelope e o lacrou. No canto esquerdo superior, escreveu: "Recebido em 20 de fevereiro de 1948, de Ted Jones Junior, correspondente do *Time Magazine* em Bucareste. Da parte do doutor Gavrila".

"As coisas se simplificam e se complicam ao mesmo tempo", pensou, abrindo o caderno. Começou a escrever em francês, relatando o encontro e resumindo a conversa com Jones. Depois acrescentou:

"Ele confirmou os relatos do doutor Monroe quanto à destruição sistemática dos documentos dos anos de 1938 e 1939. As únicas observações concernentes ao processo de restauração fisiológica e anamnésia. As únicas provas científicas da regeneração e rejuvenescimento mediante uma descarga elétrica maciça. Isso significa que a origem do fenômeno de mutação não interessa mais. *Por quê?*"

Parou, refletiu por alguns instantes e continuou:

"É claro que, baseando-se no esboço autobiográfico e nas outras anotações agrupadas nas pastas 'A', 'B' e 'C', o eventual leitor poderá deduzir o essencial. Mas sem o material recolhido e anotado pelos professores Stanciulescu e Bernard, meus relatos perderam todo o valor documental. Além disso, quase todas as minhas anotações se referem às consequências da anamnésia, ou seja, às experiências de um mutante que antecipa a existência do homem pós-histórico. Os documentos Stanciulescu-Bernard *não* continham informações relacionadas a tais experiências, mas, até certo ponto, garantiam sua credibilidade. Só me resta concluir o seguinte: meus relatos não se dirigem a um eventual leitor de um futuro próximo, do ano 2000, digamos. Mas a quem, então?

"Eis o que poderia ser uma resposta provisória: por causa das guerras nucleares que irão se travar, muitas civilizações, a começar pela ocidental, serão destruídas. Sem dúvida, as catástrofes vão desencadear uma onda de pessimismo sem precedente na história da humanidade, um desalento geral. Mesmo que nem todos os sobreviventes cedam à tentação de se suicidar, poucos ainda terão vitalidade suficiente para alimentar esperanças no homem e na possibilidade de uma humanidade superior à espécie do *Homo sapiens*. Tais relatos, se forem descobertos e decifrados nessa época, poderão contrabalançar a desesperança e o desejo universal de extinção. Simplesmente por exemplificarem as possibilidades mentais de uma humanidade que surgirá num futuro remoto, esses documentos demonstrarão, antecipando-a, a realidade do homem pós-histórico.

"Tal hipótese subentende a conservação de todo o material que se encontra hoje depositado no cofre. Não faço ideia de como será garantida a sua salvaguarda. Por outro lado, porém, não duvido de que assim será. Senão minha experiência não teria nenhum sentido."

Introduziu as páginas escritas num envelope, lacrou-o e partiu para o banco. Ao trancar a porta, ouviu o telefone tocando e continuou a ouvi-lo enquanto descia a escada.

IV

O verão de 1955 foi anormalmente chuvoso e, em Ticino, tempestades caíam todo dia. Não se lembrava, contudo, de ter visto um céu tão negro como o daquela tarde de 10 de agosto. Quando os primeiros relâmpagos atravessaram os céus da cidade, a usina elétrica interrompeu o fornecimento de energia. Por quase meia hora caíram raios um atrás do outro, como numa única e infindável explosão. Da janela, ele acompanhava sobretudo os relâmpagos que caíam no lado ocidental, sobre os abruptos penhascos em torno da montanha. A chuva torrencial amainou aos poucos e, por volta das três, o céu começou a perder a coloração de piche. Logo se acenderam os lampiões elétricos e, da janela, podia ver agora a rua até a altura da catedral. Esperou a chuva diminuir e, depois, desceu e se dirigiu à delegacia.

— Pouco antes do meio-dia — começou a falar, num tom neutro, puramente informativo — duas senhoras partiram decididas em direção a Trento. Perguntaram-me se conhecia algum desvio que evitasse o caminho em zigue-zague. Mostrei-lhes a direção, mas aconselhei-as a adiar a viagem, pois corriam o risco de serem pegas pela tempestade antes de chegarem ao ponto de abrigo em Helival. Responderam-me que estavam acostumadas às tempestades nas montanhas e que, de qualquer modo, não podiam voltar atrás. Estavam aproveitando seus últimos dias de férias e logo teriam de voltar.

O policial o escutava corretamente, mas sem grande interesse.

— Não as conheço — continuou. — Ouvi, entretanto, a senhora de idade dirigindo-se à jovem; ela se chama Veronica. Acho que sei o que aconteceu. Quando a tempestade se desencadeou, elas muito provavelmente se encontravam na estrada sob a encosta rochosa do monte, em Vallino, justamente lá onde a maioria dos raios caíram. Eu estava à janela e os vi — acrescentou, percebendo que o outro o observava curioso, quase incrédulo. — Imagino que tenham despencado muitas rochas. Temo que tenham sido atingidas, ou estejam soterradas debaixo das pedras...

Sabia que não seria fácil convencê-lo.

— Eu teria tomado um táxi e ido procurá-las sozinho — insistiu. — Mas se aconteceu o que eu imagino, não teríamos podido só nós dois, o motorista e eu, retirá-las de sob as pedras. Precisaríamos de pás e picaretas.

Entretanto, acabou aceitando essa solução. Em caso de necessidade, telefonaria para o posto de socorro mais próximo, e a polícia trataria de enviar ambulâncias e tudo o que fosse preciso. Ao se aproximar de Vallino, o céu já estava límpido, mas em alguns lugares as pedras haviam se espalhado pela pista, e o motorista teve de diminuir a velocidade.

— Duvido que tenham tido tempo de chegar até o abrigo. É possível que, tão logo a tempestade se desencadeou, tenham se refugiado numa fenda do rochedo.

— Algumas são largas como a boca de uma gruta — dissera o motorista.

Os dois a avistaram no mesmo instante. Sem dúvida, tinha morrido de susto quando um raio caíra perto dela. Era uma mulher de idade, de cabelo curto, grisalho. Não parecia ter sido atingida pela avalanche de pedras, embora houvesse uma rocha ao lado dela, prendendo a borda de sua saia.

Pareceu-lhe ouvir um gemido, e começou a procurar com atenção nos rochedos em volta.

— Veronica! — gritou várias vezes, avançando lentamente ao longo do paredão.

Os dois ouviram um gemido e, depois, alguns gritos curtos, seguidos de palavras estranhas, pronunciadas rapidamente, como um encantamento. Só ao se aproximar do local entendeu o que havia acontecido. Na avalanche, uma rocha caíra justo em frente à cavidade em que Veronica se refugiara, fechando-a quase por completo. Se não a tivesse escutado gemer e gritar, não teria suspeitado de que estava soterrada ali. Só no alto, a mais de dois metros do chão, podia-se distinguir a abertura da cavidade. Trepando com dificuldade, ele a viu e a chamou pelo nome, fazendo-lhe um sinal com a mão. A moça olhou para ele, ao mesmo tempo assustada e feliz, tentando erguer-se. Não estava ferida, mas o lugar era estreito demais, de maneira que ela só podia ficar em pé mantendo as costas curvadas.

— Em breve chegará a polícia — disse-lhe em francês.

Em seguida, como a moça o olhava como se não houvesse entendido, ele repetiu a frase em alemão e em italiano. Veronica passou várias vezes a mão pelo rosto e começou a falar. De início pensou que falasse um dialeto da Índia central, mas logo pôde distinguir frases inteiras pronunciadas em sânscrito. Curvando-se o mais que pôde na direção dela, sussurrou-lhe: "*Shanti! Shanti!*", e recitou algumas fórmulas canônicas de bênção. A moça sorriu, feliz, e alçou-lhe a palma da mão, como se quisesse lhe mostrar alguma coisa.

Ele permaneceu lá, colado à rocha, à sua escuta, tentando de vez em quando tranquilizá-la e encorajá-la fazendo uso de algumas expressões familiares em sânscrito, enquanto esperavam a chegada da ambulância e da polícia. Para mover a rocha, tiveram que cavar uma rampa até a beira da estrada. Passada uma hora, a moça conseguiu sair com a ajuda de uma escada de corda. Ao avistar os policiais e o carro, pôs-se a berrar, apavorada, e agarrou a mão dele, colando-se a seu corpo.

— Ela foi vítima de um choque — explicou, embaraçado. — E provavelmente sofre de amnésia.

— Mas que língua ela está falando? — perguntou alguém do grupo.

— Acho que é um dialeto indiano — respondeu Matei, com prudência.

Com base em seus documentos de identidade, foi possível apurar que ela se chamava Veronica Bühler, tinha vinte e cinco anos, era professora e morava em Liestal, no cantão de Bâle-Campagne. Sua companheira, Gertrud Frank, era alemã, estabelecida já havia alguns anos em Freiburg, funcionária administrativa de uma editora. O resultado da autópsia confirmara as primeiras suspeitas: a causa da morte fora parada cardíaca.

Por ser ele o único que conseguia se entender com Veronica, o único em cuja presença ela se acalmava, passou muito tempo na clínica. Levava consigo um gravador, que tinha o cuidado de camuflar. Gravava algumas horas por dia, sobretudo quando ela falava de si mesma. Afirmava chamar-se Rupini, filha de Nagabhata, da casta *kshatria*, descendente de uma das primeiras famílias de Magadha que se converteram ao budismo. Antes de completar doze anos, ela decidira, com o consentimento dos pais, consagrar sua vida ao estudo do Abhidharma[32] e fora aceita numa comunidade de *ihikuni*.[33] Aprendera a gramática sânscrita, a lógica e a metafísica mahayana.[34] O fato de ter memorizado mais de cinquenta mil sutras alimentara seu prestígio não só entre os professores e os estudantes da famosa universidade de Nalanda, mas também entre numerosos mestres, ascetas e contemplativos.

---

[32] O terceiro cânone das escrituras budistas ortodoxas, datado entre os séculos IV a.C. e IV da nossa era, no qual se desenvolvem as principais questões éticas e epistemológicas da doutrina original. (N. do T.)

[33] Em sânscrito, monjas. (N. do T.)

[34] Um dos principais ramos do budismo. (N. do T.)

Ao completar quarenta anos, ela se tornara discípula do famoso filósofo Chandrakirti.[35] Passava vários meses por ano numa gruta, meditando e transcrevendo as obras de seu mestre. Era onde se encontrava quando a tempestade se desencadeou e ela ouviu um raio cair no topo da montanha, fazendo as rochas se desprenderem e rolarem como um rio de pedras até barrar a entrada da gruta. Em vão tentara sair. Mais tarde, ao despertar, viu-o no alto da rocha, acenando-lhe com a mão e falando-lhe numa língua desconhecida.

Ele não tinha certeza de entender tudo o que ela dizia, mas o que compreendera, mantinha só para si. Dissera aos médicos que a jovem acreditava viver na Índia central de doze séculos atrás, afirmando ser uma eremita budista. Graças aos sedativos, ela dormia grande parte do tempo. Vários médicos de Zurique, Basileia e Genebra foram examiná-la. Como era de se esperar, os jornais publicavam artigos todos os dias, enquanto o número de correspondentes estrangeiros bisbilhotando pelas clínicas e entrevistando os médicos crescia sem parar.

Felizmente, a solução em que pensara desde o início estava prestes a ser aceita. Dois dias depois do incidente, após ouvir a gravação do depoimento biográfico de Veronica, ele enviara um longo telegrama para o Instituto Oriental de Roma. No dia seguinte, na hora estabelecida no telegrama, transmitira por telefone determinadas revelações autobiográficas. Informara ao mesmo tempo um dos colaboradores mais próximos de C. G. Jung. Dois dias mais tarde, chegou de Roma o professor Tucci, acompanhado por um assistente do Instituto. Pela primeira vez, Rupini pudera discutir longamente, em sânscrito, sobre a filosofia Madhyamika[36] e,

---

[35] Filósofo budista indiano (*c.* 600-650). (N. do T.)

[36] Escola de pensamento budista do ramo mahayana, fundada por Nagarjuna no século II. (N. do T.)

sobretudo, sobre o seu caro mestre, Chandrakirti. Todas as conversas eram gravadas, enquanto o assistente traduzia alguns fragmentos para o inglês a fim de informar os médicos e os jornalistas. A discussão se tornava delicada sempre que Rupini perguntava o que lhe acontecera exatamente, onde se encontrava, por que ninguém a entendia, embora houvesse tentado, além do sânscrito, alguns dialetos indianos.

— O que o senhor lhe diz? — Dominic perguntara ao professor, num fim de tarde.

— Começo sempre, naturalmente, lembrando-a de *maya*, a grande feiticeira, a ilusão cósmica. Não se trata de um sonho propriamente dito, digo-lhe, mas faz parte da natureza ilusória do sonho por se tratar de futuro, ou seja, de tempo; pois então, o Tempo é, por excelência, irreal... Não acho que a tenha convencido. Mas, felizmente, ela é apaixonada pela lógica e pela dialética, e é mais sobre isso que discutimos...

Tão logo Matei sugerira uma viagem à Índia, mais precisamente até a província de Uttar Pradesh, onde estaria localizada a caverna em que Rupini costumava meditar, o professor Tucci concordara em que o Instituto Oriental patrocinasse a expedição. Graças à intervenção de Jung, os gastos foram cobertos por uma fundação americana. Ao ficarem sabendo desse projeto, vários jornais se ofereceram para cobrir todas as despesas da expedição, em troca da exclusividade da reportagem. Era quase impossível evitar a publicidade, sobretudo por ser necessária a permissão da direção da clínica, do governo indiano e da família de Veronica Bühler. As averiguações realizadas em Liestal, por outro lado, foram infrutíferas. Veronica se mudara para aquela cidade havia poucos anos. Seus amigos e colegas nada sabiam sobre sua família. Descobriu-se, contudo, que nascera no Egito, que seus pais haviam se divorciado quando ela tinha cinco anos; seu pai, que permanecera no Egito, se casara de novo e não dera mais nenhum sinal de vida, ao passo que a mãe, com quem Veronica nunca se dera muito bem, se estabelecera nos Estados Unidos, em endereço desconhecido.

Por fim, a direção da clínica permitira que se realizasse a viagem à Índia, sob a condição de que a paciente fosse acompanhada por um dos médicos que tratara dela e por uma enfermeira. Subentendia-se, claro, que ela seria induzida ao sono antes de abandonar a clínica, e que permaneceria sedada até se aproximarem de Gorakhpur.

De Bombaim, foi transportada até Gorakhpur num avião militar. Lá, estavam à sua espera seis automóveis cheios de jornalistas e técnicos e uma caminhonete da televisão indiana. Dirigiram-se para a fronteira com o Nepal até a região onde, conforme as indicações fornecidas por Rupini, estaria localizada a gruta em que costumava meditar. Felizmente, além dele, Matei, um *pandit*[37] de Uttar Pradesh versado na filosofia Madaryamika encontrava-se à sua cabeceira quando ela despertou. Por insistência do médico, todos os demais se esconderam entre um arvoredo, distante uma dezena de metros. Como se o tivesse reconhecido, ela se dirigiu ameaçadoramente ao *pandit*; fez-lhe algumas perguntas, mas não esperou pela resposta. Enveredou rapidamente por uma das trilhas, olhando para frente e repetindo suas orações favoritas, que tantas vezes repetira na clínica. Depois de uma subida de aproximadamente vinte minutos, ela começou a correr até perder o fôlego. Com o braço estendido, apontou para a aresta de uma rocha escorada na parede da montanha.

— Lá está! — gritou.

Em seguida, agarrando-se à pedra com ambos os braços,

---

[37] Originalmente, o termo designava o sábio versado em leis, religião e filosofia sânscrita e hindu. Na Índia atual, é um título concedido nas universidades, não necessariamente naquelas áreas. (N. do T.)

começou a escalar com uma agilidade insólita. Ao atingir o topo, arrancou com força um arbusto ressequido, limpou o lugar de musgo e ramos secos, descobriu uma fenda e, tomada por tremores, aproximou o rosto da pedra e olhou para dentro. Depois, ficou imóvel.

— Ela desmaiou! — exclamou alguém lá de baixo, momentos antes de ele chegar até ela.

— É mesmo, ela desmaiou! — disse, erguendo sua cabeça com cuidado.

A duras penas, desceram carregando-a, abrindo espaço para a equipe de técnicos. Levaram-na numa maca até o automóvel. Ainda estava desacordada, e o carro havia já percorrido uns dez quilômetros quando se ouviu explodir a primeira carga de dinamite. Em menos de meia hora, técnicos e jornalistas conseguiram entrar na gruta utilizando uma escada de corda. À luz de uma lanterna elétrica, puderam ver o esqueleto da mulher; estava encurvado, como se a morte a houvesse surpreendido numa posição de meditação iogue. A seu lado, sobre o cascalho, uma panela de barro, dois pratos de madeira e alguns manuscritos; só quando os tocaram perceberam que já havia muito tinham se pulverizado.

A enfermeira o abordou à porta.

— Ela acordou — disse. — Mas não abre os olhos. Tem medo...

Matei se aproximou dela e pôs a mão sobre sua testa.

— Veronica! — sussurrou.

Ela abriu os olhos bruscamente e, ao reconhecê-lo, sua face se iluminou de uma maneira que ele jamais vira até então. Agarrando sua mão, tentou se levantar.

— É você? — exclamou. — Você eu conheço; pedi que me indicasse o caminho, hoje de manhã... Mas e a Gertrud? Onde está? — repetiu, olhando profundamente nos seus olhos.

Desde o início ele sabia, assim como todos os outros do grupo, que seria impossível evitar a publicidade. A televisão indiana gravara as cenas mais dramáticas, e dezenas de milhões de espectadores, que a ouviram falando em sânscrito e num dialeto himalaio, viram-na no final da reportagem declarando, num inglês inseguro, que se chamava Veronica Bühler e que só dominava o alemão e o francês, declarando também que jamais tentara aprender qualquer língua oriental e que, afora alguns livros de divulgação, nada lera sobre a Índia e a cultura hindu. Como era de se esperar, foi justamente esse fato que mais atraiu a atenção do público indiano e, vinte e quatro horas depois, de toda a opinião mundial. Para a imensa maioria da intelectualidade indiana, era impossível encontrar uma prova mais cabal da transmigração da alma: numa existência anterior, Veronica Bühler fora Rupini.

— Mas eu não acredito em metempsicose — sussurrou certa noite, assustada, agarrando a mão dele. — Não era eu! Talvez eu tenha sido possuída por um outro espírito — acrescentou, buscando o seu olhar.

Hesitando, sem saber o que responder, ele lhe acariciou a mão. Veronica deixou pender a cabeça, cansada.

— Acho que vou enlouquecer — disse.

Estavam hospedados num dos mais luxuosos hotéis de Délhi, como hóspedes do governo indiano. Para evitar os fotógrafos, os jornalistas e a indiscrição dos curiosos, o grupo todo fazia as refeições numa sala exclusivamente reservada e bem vigiada. Diariamente, visitavam museus ou instituições e se encontravam com grandes personalidades. Eram transportados em várias limusines escoltadas por batedores de motocicleta. De outra maneira não ousavam abandonar o pavimento. Não ousavam nem mesmo passear pelos corredores. Acompanhados do médico e da enfermeira, uma vez tentaram descer, já bem tarde, passada a meia-noite, com a intenção de tomar um táxi e dar um passeio longe do hotel.

Mas toda uma multidão os aguardava na saída. Viram-se obrigados a voltar correndo, sob a proteção dos policiais.

— Acho que vou enlouquecer — repetiu, ao sair do elevador.

No dia seguinte, conseguiu contatar um jornalista americano que tentara em vão acompanhá-los a Gorakhpur. Prometeu-lhe uma longa entrevista exclusiva, com revelações inéditas, se os transportasse em anonimato para uma ilha do Mediterrâneo, onde pudessem permanecer escondidos, só eles dois, durante alguns meses.

— Até o furacão das câmeras e das rotativas passar — acrescentou. — Em menos de um ano, tudo isso cairá no esquecimento e poderemos retomar o nosso dia a dia...

Duas semanas depois, estavam instalados numa mansão construída depois da guerra, no alto de uma colina, a poucos quilômetros de La Valetta. A preparação e a gravação da entrevista, porém, demoraram mais do que o esperado. Veronica começou a dar sinais de impaciência.

— Falamos tanto e de tantas coisas, mas não consigo entender o essencial: a transmigração da alma...

— Vou lhe explicar tudo quando ficarmos a sós.

Ela o fitou com um carinho insólito.

— Será que algum dia ficaremos a sós? — sussurrou.

Em Délhi, certa noite, ela lhe dissera:

— Quando abri os olhos e vi você, e o ouvi falar da Gertrud, percebi que estava pensando em duas coisas ao mesmo tempo. Primeiro que, embora meus pais fossem vivos, a falta da Gertrud me deixava praticamente órfã... No mesmo instante, pensei: se eu fosse cinco ou seis anos mais velha e você me pedisse em casamento, aceitaria...

— Tenho oitenta e sete anos — dissera ele com um sorriso, em tom de brincadeira.

Foi quando a viu rir pela primeira vez.

— Mais do que eu teria mesmo se acrescentasse os anos que Rupini viveu. Mas não acredito nisso, já lhe disse. Não posso acreditar...

— De certo modo, você tem razão. Mas, repito, só de *certo modo*. Discutiremos essa questão mais tarde...

Ele evitou o assunto durante a entrevista; limitou-se a citar conceitos clássicos indianos, desde os Upanishades até Gautama Buda, referindo-se igualmente a algumas interpretações contemporâneas, sobretudo aos comentários de Tucci. Conseguiu manter sua verdadeira identidade em segredo; apresentou-se como um jovem orientalista, que fazia pouco tempo travara amizade com Veronica. Conseguiu sobretudo manter a mesma figura que começara a criar em agosto, com o cabelo penteado sobre a testa, com um bigode loiro, espesso, cobrindo-lhe o lábio superior.

Na noite em que permaneceram sozinhos no terraço, Veronica aproximou a sua espreguiçadeira da dele.

— Agora me explique... Mas, antes de tudo, me diga *como é que você sabia*...

— Vou começar de muito longe — disse.

Foi numa noite do início de outubro que ela entendeu. Estavam sentados um ao lado do outro no sofá do vestíbulo, olhando as luzes do porto através da balaustrada do terraço. Pareceu-lhe que Veronica o fitava de um modo diferente.

— Você quer me dizer alguma coisa e não tem coragem. O que é?

— Estava pensando: vendo-nos juntos o tempo todo, e morando na mesma casa, as pessoas poderiam achar que somos amantes...

Ele buscou a mão dela e a apertou suavemente entre as suas.

— Mas é isso mesmo, Veronica. Somos amantes, dormimos no mesmo quarto, na mesma cama...

— É verdade? — ela o interrompeu, sussurrando.

Em seguida, suspirou, deixou cair a cabeça no ombro dele e fechou os olhos. Após alguns instantes, ergueu-se bruscamente e, fitando-o como se não o reconhecesse, começou a falar numa língua estranha, que ele nunca ouvira. "*Era isso*, então!", ele pensou. "Era por isso que eu tinha de me encontrar com ela. Era por isso que tudo aquilo teve de acontecer..." Devagar, sem pressa, para não assustá-la, ele se dirigiu ao escritório e trouxe o gravador. Ela continuava falando, cada vez mais rápido, olhando para as mãos; em seguida, aproximou de um ouvido o relógio de pulso e pôs-se a escutá-lo, demonstrando surpresa e felicidade ao mesmo tempo. Seu rosto iluminou-se, como se estivesse prestes a dar uma gargalhada. Inesperadamente, porém, ela estremeceu, assustada, gemeu várias vezes e começou a esfregar os olhos. Dirigiu-se zonza e sonolenta para o sofá, e ele, ao ver que estava prestes a cair, tomou-a nos braços. Levou-a para o quarto ao lado e a deitou na cama, cobrindo-a com um xale.

Despertou depois da meia-noite.

— Que susto! — sussurrou. — Tive um sonho horrível.

— O que você sonhou?

— Não quero mais lembrar! Tenho medo de me assustar de novo. Eu estava num lugar junto a um grande rio, e um desconhecido, com a cabeça que parecia uma máscara de cachorro, vinha na minha direção... Tinha na mão... Não quero mais lembrar — repetiu, estendendo os braços para abraçá-lo.

A partir daquela noite, ele não a deixou mais sozinha; tinha medo de que se repetisse, inadvertidamente, a crise paramediúnica. Por sorte, o jardineiro e as duas jovens maltesas que cuidavam da casa desapareciam tão logo o jantar era servido.

— Conte-me mais — ela lhe implorava toda noite, assim que se viam a sós. — Explique-me!... Às vezes lamento não conseguir me lembrar de nada do que Rupini sabia...

Um dia, voltando do jardim, ela lhe perguntou de supetão:

— Você não achou esquisito aqueles homens nos esperando junto à cerca? Como se nos espionassem...

— Não percebi nada — respondeu. — Onde é que eles estavam?

Ela hesitou por alguns instantes, evitando seu olhar.

— Estavam lá, ao lado do portão, como se nos espionassem. Dois homens, vestidos de um jeito estranho. Mas talvez eu esteja enganada — acrescentou, levando a mão à testa. — Talvez não estivessem ao lado do portão...

Ele a tomou pelo braço e a trouxe para junto de si.

— Você deve ter ficado muito tempo tomando sol na cabeça — disse, ajudando-a a se deitar no sofá.

"Passaram-se sete dias", pensou, "quer dizer que o ritmo é semanal. Assim, o ciclo todo pode durar um mês. Mas o que vai nos acontecer depois disso?..."

Tendo-se certificado de que ela dormia profundamente, foi na ponta dos pés até o escritório e voltou com o gravador. Durante algum tempo, só se ouvia o canto dos melros e sua respiração levemente agitada. Depois, um grande sorriso a iluminou por inteiro. Pronunciou muito vagarosamente algumas palavras, a que se seguiu um silêncio concentrado, ansioso, como se aguardasse uma resposta que tardava ou que não era capaz de escutar. Depois começou a falar com fluência, como se falasse sozinha, repetindo várias vezes, com entonações diferentes, determinadas palavras, todas elas embebidas de uma grande tristeza. Ao ver as primeiras lágrimas escorrerem tímidas por sua face, ele desligou o gravador e o escondeu debaixo do sofá. Em seguida, com muito cuidado, acariciou-lhe a mão e pôs-se a enxugar suas lágrimas, para depois a carregar nos braços até o dormitório. Permaneceu a seu lado até ela despertar. Ao avistá-lo, ela agarrou sua mão e a apertou, comovida.

— Eu tive um sonho — disse ela. — Um sonho muito

bonito, mas muito triste. Foi com dois jovens como nós, que se amavam, mas que não podiam ficar juntos. Não entendo por que razão, mas não lhes foi permitido ficar juntos...

Não se enganara: o ritmo era realmente hebdomadário, embora os transes paramediúnicos (assim decidira chamá-los) ocorressem em horários diferentes. "Elementos para a história documental da linguagem", pensou, enquanto classificava as quatro fitas cassetes. "Depois do egípcio e do ugarítico, seguiu-se, provavelmente, uma amostra de protoelamita e outra de sumério. Estamos descendo cada vez mais profundamente no passado... Documentos para a Arca", acrescentou, com um sorriso. "O que não dariam os linguistas para poderem estudá-las *agora*! Mas aonde é que vamos chegar? Até às protolinguagens não articuladas?... E depois?..."

A mais estranha das experiências ocorreu em meados de dezembro. Felizmente, embora faltasse pouco para a meia-noite, ele ainda não adormecera. Veronica irrompeu numa série de gritos guturais, pré-humanos, que o exasperaram e o humilharam ao mesmo tempo. Parecia-lhe que uma tal regressão até a animalidade só deveria ser experimentada com voluntários, não com alguém inconsciente. Porém, após alguns instantes, seguiram-se grupos de fonemas claros, vocálicos, de uma infinita variedade, interrompidos de vez em quando por breves explosões labiais que ele jamais imaginara que pudessem ser reproduzidas por um europeu. Passada meia hora, Veronica adormeceu, suspirando. "Acho que não vão continuar", pensou, desligando o gravador. Depois, esperou. Queria estar acordado ao lado dela quando despertasse. Deitou-se tarde, quase ao amanhecer.

Ao despertar, pouco antes das 8, observou que Veronica ainda dormia e não se atreveu a acordá-la. Ela dormiu até quase 11 horas. Ao descobrir que era tão tarde, pulou da cama, assustada.

— O que houve comigo? — perguntou.

— Nada. Provavelmente você estava muito cansada. Talvez tenha tido algum sonho ruim...

— Não. Não sonhei com nada. Não que eu me lembre.

Decidiram passar a véspera de Natal e o *Réveillon* num restaurante famoso de La Valetta. Veronica reservou uma mesa em nome de Sr. e Sra. Gérald Vernevil. Foi ela que propôs esse nome e ela também que escolheu as roupas.

— Não acho que exista algum risco de sermos reconhecidos — disse. — Mesmo que no outono passado nossas fotografias tivessem saído na capa de todas as revistas ilustradas.

— Pode ter certeza de que saíram, mesmo — completou ele — e que ainda devem continuar saindo...

Ela começou a rir, de certo modo intimidada, mas feliz.

— Eu gostaria de vê-las. As fotografias das revistas ilustradas, quero dizer. Gostaria de guardar algumas, de lembrança. Mas talvez seja arriscado demais irmos procurá-las — acrescentou.

— Deixe que eu vou...

Procurou em várias bancas e livrarias, mas só encontrou uma única revista ilustrada, italiana, com três fotografias de Veronica, todas feitas na Índia.

— Parece que eu era mais jovem e mais bonita três meses atrás — disse ela.

Poucas semanas depois, ele se deu conta de que Veronica tinha razão. Fazia algum tempo que já não parecia tão jovem. "A culpa é dos Documentos para a Arca", pensou. "Os transes paramediúnicos a esgotam."

— Sinto-me o tempo todo cansada — desabafou certa manhã — e não entendo por quê. Não faço absolutamente nada e, apesar disso, sinto-me cansada.

No início de fevereiro, ele conseguiu convencê-la a fazer

uma consulta com um médico de La Valetta. Aguardaram, inquietos, os resultados dos numerosos exames.

— A senhora não tem nada, absolutamente nada — assegurou o médico a ele, quando ficaram a sós. — Vou prescrever-lhe, porém, uma série de injeções, contendo fortificantes... Talvez seja o nervosismo que, em algumas mulheres, precede o climatério.

— Quantos anos o senhor calcula que ela tem?

O médico enrubesceu e esfregou as mãos, embaraçado. Em seguida, encolheu os ombros.

— Por volta de quarenta — disse, evitando o seu olhar.

— Pois eu lhe asseguro que ela não mentiu quando lhe disse que tem vinte e seis incompletos.

O efeito das injeções não se fazia notar. A cada dia, ela se sentia cada vez mais cansada; com frequência ele a surpreendia aos prantos depois de se olhar no espelho. Certa vez, quando se dirigia ao parque, ouviu passos velozes atrás de si e virou a cabeça.

— *Professore* — sussurrou-lhe a cozinheira, assustada —, *la Signora ha il malocchio!*[38]

"Eu deveria ter percebido desde o início", pensou. "Cada um fez a sua parte, agora devemos nos separar. E como não podia haver argumento mais convincente, afora um acidente mortal ou o suicídio, optou-se por aquele: um processo galopante de senilidade precoce."

Não se atreveu, contudo, a lhe contar até a manhã em que ela lhe mostrou os cabelos: haviam ficado grisalhos da noite para o dia. Ela chorava, apoiada contra a parede, o rosto oculto entre as mãos. Ajoelhou-se ao lado dela.

— Veronica — começou a lhe dizer —, a culpa é minha. Escute o que vou lhe dizer, e não me interrompa. Se eu continuar ao seu lado até a chegada do outono, você vai defi-

---

[38] Em italiano no original: "Professor, a senhora está com mau-olhado!". (N. do T.)

nhar!... Não posso lhe dizer mais nada, não tenho o direito, mas lhe asseguro que, na verdade, *você não envelheceu!* Tão logo eu desaparecer da sua vida, você recuperará sua beleza e a juventude...

Veronica, assustada, procurou a mão dele, segurou-a firme entre as suas e começou a beijá-la.

— Não me abandone — sussurrou.

— Escute! Eu lhe imploro, escute-me mais dois, três minutos. Fui predestinado a perder tudo o que amasse. Mas prefiro perdê-la jovem e bela, assim como você era, e como voltará a ser sem mim, a vê-la definhando nos meus braços... Ouça-me! Vou partir e se em três, quatro meses após minha partida você não voltar a ser como era no outono passado, prometo retornar. Assim que eu receber seu telegrama, retornarei. Só lhe peço isso: espere três, quatro meses longe de mim...

No dia seguinte, numa longa carta, ele lhe explicou por que não tinha mais o direito de permanecer a seu lado quando ela recuperasse a juventude. E, como Veronica parecia começar a concordar com a experiência, decidiram deixar a casa. Ela iria passar as semanas seguintes numa casa de repouso de freiras, ao passo que ele tomaria um avião para Genebra.

Três meses depois, ele recebeu o telegrama: "Você tinha razão. Vou amá-lo a vida toda. Veronica". Ele respondeu: "Você encontrará a felicidade, adeus".

Na mesma semana, ele partiu para a Irlanda.

V

Sem o bigode loiro e sem aquela franja que o fazia parecer-se com certos poetas ultrarromânticos, ele não temia ser reconhecido por ninguém. Ademais, após o retorno de Malta, frequentava outros círculos, sobretudo de linguistas e críticos literários. Às vezes, em meio a uma discussão, vinha à baila o caso Veronica-Rupini; pelas perguntas que ele fazia, logo se via quão pouco e equivocadamente estava informado. No verão de 1956, concordou em colaborar num dossiê sobre James Joyce. Aceitou o convite porque o projeto lhe permitiria visitar Dublin, umas das poucas cidades que desejava conhecer. Daí em diante, passou a visitá-la todos os anos, no período do Natal ou no início do verão.

Só na quinta viagem, em junho de 1960, é que ele conheceu Colomban. Foi numa noite em que entrou por acaso num *pub* atrás da rua O'Connell. Tão logo o viu, Colomban o abordou, tomou-lhe a mão entre as suas e deu-lhe um caloroso abraço. Em seguida, convidou-o para sua mesa.

— Há quanto tempo o espero! — exclamou pateticamente, quase teatral. — É a quinta vez que venho aqui, especialmente para encontrá-lo.

Era um homem de idade incerta, repleto de sardas, meio calvo, com suíças cor de cobre que contrastavam com o loiro pálido dos cabelos.

— Se eu lhe disser que o conheço e que sei *muito bem* quem o senhor é, não vai acreditar. Portanto não vou dizer nada... Mas como eu também estou provavelmente condenado a passar dos cem, queria lhe perguntar uma coisa: *o que devemos fazer com o Tempo?* Vou esclarecer...

Matei continuava a fitá-lo em silêncio, sorrindo, esperando a continuação, quando Colomban ergueu-se bruscamente da mesa.

— Ou melhor, vamos fazer essa pergunta ao Stephens — acrescentou, dirigindo-se ao balcão.

Voltou acompanhado de um jovem magro e malvestido, que apertou a mão de Matei timidamente e, em seguida, sentou-se na cadeira a sua frente.

— Perdoe suas pequenas manias — dirigiu-se a ele o jovem, pronunciando lentamente as palavras. — Ele sempre me pede para declamar: pelo jeito, acha minha dicção melhor. Vamos lá, então: "*O que devemos fazer com o Tempo?*". Sua grande descoberta parece ser a seguinte: que a pergunta "O que devemos fazer com o Tempo?" exprime a suprema ambiguidade da condição humana. Pois, por um lado, os homens — *todos os homens!* — querem viver muitos anos, mais de cem, se possível; contudo, tão logo chega aos sessenta, sessenta e cinco anos e se aposenta, tornando-se, assim, *livre para fazer o que quiser*, a maioria dos homens se entedia: descobre que não tem o que fazer com o tempo livre. E, por outro lado, à medida que o homem envelhece, acelera-se o ritmo do tempo interior, de maneira que aqueles, muito poucos, que *saberiam* o que fazer com o tempo livre, *não conseguem* realizar grande coisa... Enfim, a isso deve-se ainda acrescentar...

Colomban o interrompeu, pousando a mão sobre o seu braço.

— Basta por hoje. Da outra vez você tinha se saído melhor. — Em seguida, voltando-se para Dominic, acrescentou:

— Voltemos à questão do Tempo. Por ora, quero lhe perguntar se por acaso este artigo lhe é familiar.

Estendeu-lhe uma página de uma revista americana.

"Falava por vezes de uma nova qualidade de vida, insistindo que ela pode ser, e *deve* ser, descoberta por cada um de nós. Desde o instante em que despertava, ele descobria uma grande alegria que não sabia descrever; era, sem dúvida, a alegria de se sentir vivo, inteiro e saudável, mas ainda mais: a alegria de existirem outros homens, de existirem as estações do ano e de nenhum dia se parecer com outro, a alegria de poder ver os animais e as plantas, de poder acariciar as árvores. Na rua, mesmo sem olhar em volta, sentia que fazia parte de uma imensa comunidade, que fazia parte do mundo. Mesmo as coisas feias — um terreno baldio cheio de lixo e ferro-velho — para ele eram, misteriosamente, como que iluminadas por uma iridescência interior."

— Muito interessante — disse ele ao chegar ao fim da coluna. — Mas imagino que deve continuar.

— Claro que sim. É um artigo completo, bastante longo. Intitula-se "O jovem de 70 anos" e é assinado por Linda Gray.

Ele não tentou ocultar sua surpresa.

— Não sabia que ela havia começado a escrever — disse, sorrindo.

— Escreve já há algum tempo, e muito bem — continuou Colomban. — Mas queria ter certeza de que entendi bem: a longevidade se torna suportável, e até mesmo interessante, *somente* com o domínio prévio da técnica das beatitudes simples...

— Não acho que se trate de uma técnica...

— Com todo o respeito, sinto-me obrigado a contradizê-lo. O senhor por acaso conhece outros exemplos de centenários ou quase centenários que experimentem os estados de beatitude descritos por Linda Gray, além dos taoistas solitários, ou dos mestres Zen, ou de certos iogues e monges cristãos? Numa palavra, além dos praticantes das diferentes disciplinas espirituais?

— Conhecem-se vários exemplos. Naturalmente, a maioria são camponeses, pastores, pescadores, isto é, homens simples. Não dispõem de uma técnica no sentido estrito. Mas é inegável que praticam uma certa disciplina espiritual: a oração, a meditação...

Calou-se bruscamente ao ver que se aproximara da mesa um homem de idade, completamente calvo, fumando com uma longa piteira de âmbar.

— É uma discussão inútil — disse este, dirigindo-se a Colomban. — Em ambos os casos, o problema é o mesmo: sem aquela nova qualidade de vida de que fala Linda Gray, a longevidade é um fardo, podendo tornar-se até mesmo uma maldição. E então, nesse caso, *o que será de nós?*

— Apresento-lhe o doutor Griffith — atalhou-o Colomban. — Ele também estava lá conosco, quando aconteceu...

Calou-se e buscou o olhar do recém-chegado.

— Talvez seja melhor esclarecer tudo, explicar-lhe do que se trata.

O doutor se sentou e continuou a fumar concentrado, com os olhos fixos numa gravura amarelada. Então disse:

— Conte-lhe. Mas comece pelo essencial. Ou seja — precisou —, não pela biografia de Bran, mas pelo significado do centenário...

Colomban ergueu os braços, como se tentasse interrompê-lo e aclamá-lo ao mesmo tempo:

— Se disser mais uma palavra, doutor, serei obrigado a começar pelo final. — Em seguida, virou-se para Dominic e o fitou de um modo que lhe pareceu provocador. — Embora o senhor tenha a reputação de ser onisciente, tenho certeza de que nada sabe sobre Sean Bran. Até mesmo aqui, em Dublin, poucos ainda se lembram dele. Era poeta e, ao mesmo tempo, mago e revolucionário, ou melhor, irredentista. Morreu em 1825 e, trinta anos depois, em junho de 1855, seus admiradores — naquela época ele ainda contava com muitos admiradores — inauguraram, numa praça, um monumento em sua homenagem: um busto medíocre, com um pedestal de rocha vulcânica. Naquele mesmo dia, plantaram um carvalho cerca de três metros detrás da estátua.

— Foi em 23 de junho de 1855 — precisou o doutor Griffith.

— Exatamente. E, faz cinco anos, nós, os últimos admiradores do *poeta e mago* Sean Bran, organizamos uma cerimônia na praça que leva seu nome. Esperávamos, nessa ocasião, devolver Bran à atualidade. Ilusão nossa, pois os poucos que ainda hoje apreciam sua poesia não se coadunam de maneira alguma com suas ideias e práticas mágicas; e os ativistas políticos, que admiram o seu irredentismo...

— Você se esqueceu do essencial — interrompeu-o o doutor —, você se esqueceu de James Joyce.

— É muito importante — disse Stephens.

— É verdade — reconheceu Colomban. — Se as esperanças que havíamos depositado no *Finnegans Wake* tivessem se realizado, Sean Bran seria hoje um nome célebre. Pois, como sabe — acrescentou, buscando de novo o olhar do outro —, tudo o que diz respeito à vida ou à obra do Grande Homem está fadado à celebridade. Uma certa tradição oral, cuja origem não conseguimos identificar, alega que Joyce teria incluído no *Finnegans Wake* uma série de alusões à estética e, sobretudo, aos *conceitos mágicos* de Bran. A mesma tradição afirma que James Joyce teria se recusado a dar mais detalhes e a indicar o contexto, ou pelo menos as páginas, em que se encontrariam tais alusões. Durante anos, alguns de nós empreenderam grandes esforços no sentido de descobri-las. Até agora, sem resultado. Se aquela tradição tiver um fundo de verdade, as eventuais alusões jazem ocultas no interior das cento e oitenta e nove páginas do *Finnegans Wake*, aguardando serem decifradas...

— Só quando fomos obrigados a reconhecer nosso fracasso — interrompeu o doutor Griffith — é que nos decidimos pela celebração do centenário. Talvez o erro tenha sido escolhermos não uma efeméride biográfica, mas o *centenário de uma estátua.*

— Seja como for — continuou Colomban —, quando nos reunimos na praça, logo pressentimos que nos esperava um irremediável fiasco. Pela manhã fizera muito calor...

— Era 23 de junho — precisou o doutor Griffith.

— ... Muito calor — repetiu Colomban — e, depois, no começo da tarde, o céu parecia feito de chumbo. Até os poucos jornalistas que prometeram nos apoiar não tiveram coragem de ficar. O escasso público começou a ir embora tão logo se ouviram os primeiros trovões e caíram os primeiros pingos de chuva. Quando a tempestade começou, só nós seis havíamos permanecido, nós, os promotores da comemoração...

O doutor se levantou bruscamente.

— Acho que já é hora de nos dirigirmos à praça — disse ele. — Não fica longe daqui.

— Mesmo assim, se passar um táxi, vamos tomá-lo — acrescentou Colomban.

Antes de chegar à esquina, conseguiram tomar um.

— Então só restamos nós seis — continuou Colomban — e, como chovia a cântaros, buscamos refúgio embaixo do carvalho...

— E, claro, num determinado momento — interveio Matei, sorrindo —, num determinado momento...

— Exato. Num determinado momento, quando, aliás, nem imaginávamos que fosse possível, pois pensávamos que a tempestade tivesse praticamente terminado e já nos perguntávamos se dentro de cinco ou dez minutos iríamos ler os discursos que tínhamos no bolso ou se devíamos esperar que estiasse por completo para que ao menos parte dos convidados voltasse...

— Para encurtar — interrompeu o doutor Griffith —, num determinado momento, um raio caiu exatamente sobre o carvalho, incendiando-o de cima a baixo.

— Mas nenhum de nós seis foi atingido — continuou

Stephens. — Eu só senti uma grande onda de calor, uma quentura, pois o carvalho se incendiara...

— Mas não queimou por inteiro — retomou Colomban. — Como pode ver — acrescentou, depois de pagar ao motorista e descer do táxi —, ainda restou uma parte do tronco...

Avançaram alguns passos e se detiveram diante da grade que cercava o monumento. Não era iluminado, mas, à luz dos lampiões da praça, podia-se vê-lo muito bem. A rocha era impressionante, erguendo-se oblíqua do chão, e o busto adquirira uma pátina nobre, quase melancólica. Às suas costas, insinuava-se o vulto do tronco grosso e mutilado do carvalho, com grandes partes carbonizadas pontuadas de tímidos ramos verdes.

— Mas por que o deixaram assim? — Matei perguntou, contrariado. — Por que não o arrancaram e plantaram outro no lugar?

Colomban soltou um risinho breve, irônico, e pôs-se a esfregar nervosamente as suíças.

— Por enquanto, ele é considerado pela prefeitura, o carvalho, quero dizer, ele é considerado um monumento histórico. Sean Bran não se tornou popular, mas essa história, a história do carvalho fulminado *exatamente* no dia em que completava cem anos, difundiu-se por toda a parte...

Puseram-se a caminhar devagar em torno da grade.

— Agora o senhor entende — retomou Colomban — por que nos interessa tanto a questão do Tempo. Diz-se, e eu estou convencido de que é verdade (meu pai soube de vários casos), diz-se que aqueles que, abrigados debaixo de uma árvore, escapam ilesos quando a mesma é fulminada, são fadados a viver cem anos...

— Nunca ouvi falar nessa crença — respondeu Dominic. — Mas me parece lógica.

O espetáculo era tão impressionante, a rocha vulcânica vista de trás, com aquele tronco de três metros, descascado, carbonizado e contudo mantendo ramos vivos, que ele recuou alguns passos para observar tudo melhor.

— O mais estranho — começou a falar o doutor ao se aproximarem de novo da estátua —, estranho e triste ao mesmo tempo, é que, no dia seguinte, a polícia descobriu uma carga de dinamite escondida embaixo do pedestal. Não fosse a chuva, teria explodido durante os discursos, destruindo ou mutilando a estátua.

Matei, que o escutava atentamente, estacou e procurou seu olhar.

— Mas por quê? — perguntou, com certa inquietação na voz. — Quem teria interesse em destruir um monumento histórico?

O doutor Griffith e Colomban trocaram olhares por um momento, com um sorriso cúmplice.

— Muita gente — respondeu Stephens. — Em primeiro lugar, os irredentistas, indignados com o fato de o revolucionário Bran ser resgatado e homenageado por certos poetas, filósofos e ocultistas.

— Em segundo lugar — continuou Colomban —, a Igreja, mais precisamente os ultramontanos[39] e obscurantistas, que veem em Sean Bran o protótipo do mago satanista, o que é um absurdo, pois Bran seguia a tradição da magia renascentista, a concepção de Pico della Mirandola e de Giambattista della Porta...

— É inútil entrarmos em detalhes — exclamou Griffith. — O fato é que a hierarquia eclesiástica não está disposta a aceitá-lo.

Passeavam agora todos os quatro no meio da rua deserta e mal-iluminada.

---

[39] Adeptos do Ultramontanismo, movimento religioso surgido no século XIX, na França, que defende o poder e as prerrogativas do Papa em matéria de disciplina e fé. (N. do T.)

— No entanto — retomou Colomban —, para voltarmos ao essencial, ou seja, ao nosso problema: condenados a viver cem anos, o que devemos fazer com o Tempo?

— Prefiro discutir isso em outra ocasião — disse Matei. — Amanhã, se quiserem, ou depois de amanhã. Vamos nos encontrar ao entardecer num jardim público ou num parque...

Se aceitou reencontrá-los foi sobretudo porque desejava descobrir quem Colomban achava que ele era. Num determinado momento, dirigira-se a ele como se o considerasse um especialista no *Finnegans Wake*. Por outro lado, guardara aquele fragmento de "O jovem de 70 anos" e sabia quem era Linda Gray ou, pelo menos, não ignorava o prestígio que ela obtivera como autora.

Stephens o acompanhou até o hotel. Ao se despedirem, após olhar várias vezes em derredor, o jovem lhe disse:

— Colomban é um pseudônimo. E é bom saber que ele e o doutor Griffith praticam magia negra. Pergunte a eles o que aconteceu aos outros três que se encontravam lá, junto conosco, debaixo do carvalho, quando o raio caiu. E pergunte-lhes que título vai ter o livro que eles estão escrevendo juntos. Digo-lhe eu: *Teologia e demonologia da eletricidade...*

Gostou do título. Anotou-o em seu diário, depois de resumir o primeiro encontro e tentar precisar o significado do incidente de 23 de junho de 1955. Intrigava-o o fato de a explosão, que por motivos políticos deveria lançar pelos ares uma estátua, ter sido cancelada pela chuva e substituída por um raio que incendiou o carvalho centenário. A presença da dinamite constituía um elemento característico da época contemporânea. Desse ponto de vista, o incidente lhe parecia uma paródia, quase uma caricatura da epifania dos raios. Contudo, a substituição do objeto — o carvalho no lugar da estátua — permanecia enigmática. E nada do que viria a saber nos três encontros subsequentes forneceu qualquer pista.

Quatro anos mais tarde, no verão de 1964, recordou o título daquela obra em andamento, quando, durante um colóquio sobre o *Mysterium conjunctionis* de Jung, um jovem, ao realizar uma intervenção, evocou a "escatologia da eletricidade". Começou recordando a união dos contrários numa só totalidade, processo psicológico que, dizia ele, devia ser interpretado à luz da filosofia indiana e chinesa. Para o Vedanta, assim como para o taoismo, os contrários se anulam caso sejam observados de uma certa perspectiva, o bem e o mal esvaziam-se de sentido e, em absoluto, o ser coincide com o não ser. Mas o que ninguém ousava dizer, segundo o jovem, é que, no horizonte dessa filosofia, as guerras atômicas deviam ser, se não justificadas, pelo menos aceitas.

— E ouso ir mais longe ainda — acrescentou —: justifico as conflagrações nucleares em nome da escatologia da eletricidade!

O tumulto criado na sala obrigou o presidente do colóquio a lhe cortar a palavra. Após alguns minutos, o jovem abandonou a sala. Ele o seguiu e o abordou na rua.

— Lamento que o senhor tenha sido impedido de expor até o fim seu ponto de vista. Pessoalmente, tenho grande interesse pela noção de "escatologia da eletricidade". A que exatamente o senhor se refere?

O jovem o mediu de cima a baixo, desconfiado, e deu de ombros.

— Não tenho disposição para conversar agora — respondeu. — A covardia do pensamento contemporâneo me exaspera. Prefiro tomar uma cerveja...

— Se me permite, gostaria de acompanhá-lo.

Sentaram-se no terraço de um café. O jovem não tentava esconder sua irritação.

— Provavelmente sou o último otimista europeu — pôs-

-se a falar. — Como todo o mundo, eu também sei o que nos espera: hidrogênio, cobalto e assim por diante. Mas, à diferença dos outros, tento encontrar um sentido nessa catástrofe iminente e, dessa maneira, aceitá-la, como nos ensina o velho Hegel. O verdadeiro sentido da catástrofe nuclear não pode ser outro senão este: a mutação da espécie humana, o surgimento do super-homem. Eu sei, as guerras atômicas destruirão povos e civilizações inteiras e reduzirão parte do planeta a um deserto. Mas esse é o preço a ser pago para liquidarmos o passado de maneira radical e forçarmos a mutação, quer dizer, o surgimento de uma espécie infinitamente superior ao homem atual. Só uma quantidade enorme de eletricidade, descarregada em algumas horas ou minutos, será capaz de modificar a estrutura psicomental do infeliz *Homo sapiens* que tem dominado a história. Levando-se em conta as possibilidades ilimitadas do homem pós-histórico, a reconstrução de uma civilização planetária poderá ser realizada em tempo recorde. Sobreviverão, é claro, apenas alguns milhões de indivíduos. Mas eles representarão alguns milhões de super-homens. Por isso utilizamos a expressão: escatologia da eletricidade; tanto o *fim* como a *salvação do homem* serão obtidos por meio da eletricidade.

Calou-se e, sem olhar para ele, esvaziou o copo de cerveja.

— Mas por que o senhor tem tanta certeza de que a eletricidade descarregada pelas explosões nucleares desencadeará uma mutação de ordem superior? Ela poderia, igualmente, provocar uma regressão da espécie.

O jovem virou bruscamente a cabeça e o fitou com severidade, quase furioso.

— Não *tenho* certeza, mas *quero* acreditar que assim há de ser. De outro modo, nem a vida, nem a história do homem teriam sentido. Seríamos então obrigados a aceitar a ideia dos ciclos cósmicos e históricos, do mito do eterno retorno... Por outro lado, minha hipótese não é apenas o resultado da desesperança; ela se baseia em fatos. Não sei se o senhor ouviu falar das experiências de um sábio alemão, o doutor Rudolf.

— Por acaso, ouvi falar, sim. Mas as experiências dele, a eletrocussão de animais, não são conclusivas...

— É o que dizem, mas como o arquivo Rudolf desapareceu quase por completo, é difícil julgar. De qualquer modo, na época em que esse arquivo secreto podia ser consultado, não se encontrou qualquer indicação de regressão biológica. Por outro lado, o senhor certamente leu o romance de Ted Jones, *Rejuvenescido por um raio*.

— Não. Nem sabia que existia...

— Pois deveria lê-lo, se o assunto lhe interessa. No posfácio, o autor dá a entender que o romance se baseia em fatos reais; só a nacionalidade e os nomes dos personagens foram alterados.

— E do que trata o romance? — perguntou, sorrindo.

— Jones descreve a regeneração e o rejuvenescimento de um velho atingido por um raio. Um detalhe significativo: o raio o atingiu no centro da calota craniana. Aos oitenta anos, o personagem — que, repito, é real — não aparentava mais que trinta. Portanto, temos certeza ao menos disso: que, em determinados casos, a eletricidade em doses maciças provoca a regeneração total do corpo humano, ou seja, o rejuvenescimento. Infelizmente, o romance não fornece indicações precisas quanto à modificação da experiência psicomental; só faz alusão à hipermnésia. Mas o senhor pode imaginar que transformação radical poderia gerar a eletricidade emanada por algumas dezenas ou centenas de bombas de hidrogênio.

Quando Matei deixou a mesa, agradecendo o encontro, pela primeira vez o jovem o fitou com interesse, quase com simpatia. Tão logo chegou em casa, escreveu em seu diário de bolso:

"18 de julho de 1964. Escatologia da eletricidade. Creio poder acrescentar: *Finale*. Duvido que ainda possa vir a registrar outros eventos ou encontros tão interessantes."

Contudo, dois anos mais tarde, em 10 de outubro de 1966, escreveu: "Descarte do material. Recebo um novo passaporte". Em outras circunstâncias ele teria contado esses dois episódios em detalhe. Sobretudo a admirável (e misteriosa) operação de transferência do material. Recebera por intermédio do banco a carta de uma companhia aérea anunciando que as despesas com o transporte das caixas contendo manuscritos e fonogramas já haviam sido pagas à sucursal de Honduras. Conforme um acordo prévio, um dos funcionários de Genebra viria até sua casa para supervisionar o empacotamento do material. Tratava-se, claro, de um especialista que fora informado da natureza dos objetos que deveriam ser embalados. Após transportarem do banco dois baús quase cheios, os dois trabalharam toda a madrugada. À exceção dos diários íntimos e de alguns objetos pessoais, tudo foi embalado em caixas e sacos sigilados e numerados. Por algum tempo ele temeu que a retirada do material pudesse indicar a iminência da catástrofe, mas uma série de sonhos recorrentes o tranquilizou.

Depois, embora sucintas e enigmáticas, as anotações se multiplicaram. Em dezembro de 1966: "Devo, contudo, escrever-lhe e agradecê-lo. O livro é muito mais inteligente do que eu esperava". Referia-se ao romance que Jones lhe enviara. Quis acrescentar: "O mais extraordinário é como ele adivinhou meu nome e achou meu endereço", mas acabou desistindo. Em fevereiro de 1967: "Investigação sobre a destruição do arquivo do doutor Rudolf". Em abril: "R. A., com quem me encontrei por acaso, contou-me, sigilosamente, que as pesquisas preliminares haviam sido concluídas: tinha-se agora *certeza* de que, dentro daquelas duas valises, o doutor

Bernard reunira os mais preciosos documentos (suponho: fonogramas e fotografias dos relatórios do professor e os cadernos do período 1938-1939)".

Em 3 de junho de 1967, anotou: "Na Índia, recomeçou a polêmica Rupini-Veronica. Sábios cada vez mais numerosos duvidam da autenticidade dos registros efetuados na clínica. Argumento decisivo: Veronica e seu acompanhante desapareceram sem deixar rastro pouco tempo após o regresso da expedição a Délhi. Agora, passados quase doze anos, um grande filósofo materialista escrevia que qualquer acareação das testemunhas tornara-se impossível". Em 12 de outubro: "Linda obteve o prêmio Pulitzer por seu novo livro: *Uma biografia*. De quem será?".

Depois, em 12 de junho de 1968: "Veronica. Felizmente, não me viu". Após alguns instantes, acrescentou: "Na estação de trem de Montreux, com duas belas crianças a seu lado, explicando-lhes um cartaz turístico. Aparenta a idade que tem, talvez um pouco mais jovem. Só uma coisa importa: ela está feliz".

Em 8 de janeiro de 1968, comemorou seu centenário num suntuoso restaurante em Nice, na companhia de uma jovem sueca, Selma Eklund, que ele admirava por sua inteligência e sua original interpretação do drama medieval. Naquele mesmo mês, Selma completava vinte e oito anos; ele lhe confessara, meio em tom de brincadeira, que estava chegando aos quarenta. Mas a noite foi um fracasso; ela provavelmente não estava habituada ao champanhe e, antes da sobremesa, ele teve de levá-la para o hotel. Caminhou durante muito tempo depois da meia-noite, sozinho, por ruas pouco frequentadas.

Queria, contudo, marcar "seu primeiro centenário" (como gostava de dizer) com uma viagem espetacular. Muitos anos antes estivera no México e, depois, na Escandinávia.

Agora queria visitar a China ou Java. Mas não se apressava em decidir. "Tenho o ano todo à disposição", repetia em pensamento.

Numa noite de outono, voltou para casa mais cedo do que de costume. A chuva gelada e rápida o obrigara a desistir de seu longo passeio no parque. Quis telefonar para uma amiga, mas mudou de ideia e se aproximou da coleção de discos. "Para uma noite fria como esta, só a música... Só a música", repetia, ausente, surpreso de encontrar, perdido entre os discos, o álbum de fotos de família. Tomou-o, o cenho franzido, e sentiu de repente uma grande onda gelada, como se uma janela se tivesse aberto bruscamente. Ficou indeciso durante algum tempo, com o álbum na mão. "*E a terceira rosa?*", ouviu dentro de si. "Onde quer que a coloque? Esqueça o álbum e me mostre onde quer que eu coloque a rosa. *A terceira rosa...*"

Deu um riso amargo, contrariado. "Apesar de tudo, sou um homem livre", disse para si mesmo, e sentou na poltrona. Com prudência expectante, abriu o álbum. Uma rosa recém-colhida, lilás, como nunca vira, salvo uma única vez na vida, o esperava no meio da página. Ele a pegou, feliz. Não podia acreditar que uma única rosa fosse capaz de perfumar todo um ambiente. Hesitou por muito tempo. Em seguida, depositou-a a seu lado, sobre o braço da poltrona, e pousou os olhos sobre a primeira fotografia. Estava pálida, desbotada, enevoada, mas logo reconheceu a casa dos pais em Piatra Neamt.

VI

Começara a nevar algumas horas antes e, logo depois de Bacau,[40] desencadeara-se uma tempestade de neve. Quando o trem chegou à estação, porém, parara de nevar e, no céu sereno, podiam-se ver, vítreas, as primeiras estrelas. Reconheceu a praça, imaculada debaixo da neve fresca, embora de um lado e de outro se erguessem prédios de recente construção. Pareceu-lhe curioso o fato de que agora, na véspera de Natal, tão poucas janelas estivessem iluminadas. Permaneceu muito tempo segurando a valise, olhando emocionado para a avenida que se abria à sua frente. Voltou a si justo no momento em que a família com a qual dividira o compartimento do trem tomava o último táxi. Mas o hotel em que reservara um quarto não ficava longe. Levantou a gola do casaco e, sem pressa, atravessou a praça e enveredou pela avenida. Só depois de chegar percebeu que seu braço esquerdo estava adormecido; a mala era mais pesada do que imaginara. Apresentou o passaporte e o *voucher* na recepção.

— Mas o senhor fala muito bem romeno — observou a recepcionista, após verificar o passaporte.

Ela tinha cabelos grisalhos, óculos de aro fino, e lhe impressionaram a distinção de sua figura e a qualidade de sua voz.

---

[40] Importante cidade na Moldávia, atual capital da unidade administrativa de mesmo nome, junto às encostas dos Cárpatos e às margens do rio Bistrita. (N. do T.)

— Sou linguista. Estudei sobretudo línguas românicas. E já estive na Romênia. Estive até mesmo em Piatra Neamt — acrescentou, sorrindo. — Fui estudante... A propósito, ainda existe o café Select?

— Mas claro! É monumento histórico. Foi frequentado por Calistrat Hogas,[41] provavelmente o senhor ouviu falar dele.

— Certamente!

— Ele o frequentou entre 1869 e 1886, período em que foi professor aqui, em Piatra Neamt. Puseram até mesmo uma placa... Seu quarto é o número dezenove, no terceiro andar. O elevador é por ali.

— Acho que antes vou dar um pulo no Select. Não é longe. Voltarei dentro de uma hora, uma hora e meia...

Teve a impressão de que a senhora o fitava admirada, por cima dos óculos.

— Não vá apanhar um resfriado — disse-lhe. — As ruas ainda estão cobertas de neve, e a previsão é de que vai nevar mais.

— Uma hora, uma hora e meia no máximo — repetiu, sorrindo.

Depois de uns dez minutos, convenceu-se de que a senhora da recepção tinha razão; certas ruas estavam realmente cobertas de neve e era difícil avançar por elas. Mas, nas proximidades do café, a neve da calçada havia sido retirada e ele pôde apertar o passo. Deteve-se diante da porta para recuperar o fôlego e acalmar as batidas do coração. Ao entrar, reconheceu o cheiro da cerveja, do café recém-moído e da fumaça de cigarro barato. Dirigiu-se à sala do fundo, onde ele e seus companheiros se reuniam no passado. O recinto estava quase vazio; só três homens, a uma mesa, terminavam suas canecas de cerveja. "É por isso que acenderam só uma lâmpada no teto, a mais fraca", pensou; "fazem economia de

---

[41] Calistrat Hogas (1847-1917), escritor romeno. (N. do T.)

energia elétrica." Sentou-se no sofá pegado à parede e ali permaneceu com o olhar perdido no vazio. Enquanto esperava o garçom, não sabia se pediria também uma caneca de cerveja ou uma garrafa de água mineral e um café. Logo os três homens levantaram-se ruidosos de suas cadeiras, preparando-se para partir.

— Nem desta vez conseguimos chegar a uma conclusão — exclamou um deles, enrolando um xale de lã cinzenta em torno do pescoço.

— Não faz mal! — disse o segundo.

— Não faz mal! — repetiu o último, rindo e lançando um olhar cúmplice para os outros dois. — Sabe o que quero dizer — acrescentou.

Sozinho, perguntava-se se ainda valia a pena esperar pelo garçom, quando teve a impressão de que alguém se aproximava timidamente, hesitante, fitando-o com curiosidade. Só quando o sujeito estacou ao lado dele é que o reconheceu: era Vaian.

— É o senhor, professor Dominic? — exclamou, avançando um passo, pegando sua mão e apertando-a várias vezes. — Graças a Deus está de volta! O senhor melhorou!

Depois ele virou a cabeça e gritou:

— Doutor! Venha rápido, doutor. O professor Dominic está de volta!

Mantinha a mão dele entre as suas, sacudindo-a continuamente. Em alguns instantes, todo o grupo irrompeu na sala, com o doutor Neculache à frente e Nicodim, segurando sua garrafinha de Cotnar na mão esquerda e o copo meio vazio na direita. Todos o fitavam com um misto de alegria e espanto, acotovelando-se para vê-lo melhor, repetindo e exclamando o seu nome. Ele ficou tão emocionado que temeu sentir lágrimas a correr pelas faces, mas, num esforço, conseguiu rir.

— Quer dizer — disse —, que a história volta ao começo. Estou sonhando e, quando eu despertar do sonho, só então vai parecer que começo verdadeiramente a sonhar... Como a história da borboleta de Chuang-Tsé...

— Chuang-Tsé? — repetiu num sussurro Vaian. — A história da borboleta de Chuang-Tsé?

— Mas eu a contei tantas vezes a vocês — protestou, tomado por um súbito bom humor.

Ouviu uma voz gritar no fundo da sala:

— Mandem alguém avisar a Veta!

E ele gritou:

— Deixem a Veta em paz! Acredito em vocês sem a Veta. Percebo muito bem que estou sonhando e que, dentro de um minuto ou dois, vou acordar...

— Poupe-se, professor — interveio o doutor, aproximando-se e pondo a mão sobre o seu ombro. — O senhor passou por muitas coisas. Poupe-se.

Ele explodiu numa gargalhada.

— Eu sei — começou a falar com uma voz contida, como se se esforçasse por não irritá-los —, eu sei que tudo isso, este nosso encontro aqui e tudo o que vai se seguir, tudo poderia ter acontecido de verdade em dezembro de 1938...

— Mas é isso mesmo, professor — interrompeu-o Vaian. — Hoje é 20 de dezembro de 1938...

Ele o mirou com ironia, e não sem compaixão.

— Nem vou lhes dizer em que ano estamos na verdade, fora deste sonho. Com um pequeno esforço, eu acordaria.

— O senhor está acordado, professor Dominic — disse o doutor —, apenas está cansado... Aliás, tem uma aparência muito cansada — acrescentou.

— Muito bem! — ele irrompeu, perdendo bruscamente a paciência. — Saibam que entre 20 de dezembro de 1938 e a noite de hoje muitas coisas aconteceram. A Segunda Guerra Mundial, por exemplo. Ouviram falar de Hiroshima? De Buchenwald?

— Segunda Guerra Mundial? — disse alguém do fundo. — Vai começar logo, logo...

— Muita coisa aconteceu desde que você desapareceu e não deu mais nenhum sinal de vida — pôs-se a falar Nicodim. — Realizaram-se buscas. Levaram os livros da sua biblioteca...

— Eu sei, eu sei — ele interrompeu, levantando o braço. — Eu disse a eles que livros procurar e trazer para mim. Mas isso faz muito, muito tempo.

Começou a irritá-lo o fato de que não conseguia despertar, agora que sabia que sonhava, agora que queria despertar.

— Nós o procuramos por toda a parte — disse uma voz conhecida —, o doutor procurou-o inclusive pelos hospitais.

— Cheguei a ouvir dizer que tinha ido a Bucareste — disse Neculache — e que lá foi confundido com outra pessoa.

— Foi isso mesmo — exclamou Matei —, foi isso mesmo. Fui confundido porque rejuvenescera... — Hesitou por um momento; em seguida, continuou, triunfante e enigmático: — Agora eu posso lhes contar a verdade: em consequência do raio que me atingiu, que me atingiu bem no topo da cabeça, eu rejuvenesci. Tinha a aparência de vinte e cinco, trinta anos e, desde então, não mudei mais. Faz trinta anos que aparento ter a mesma idade...

Observou como eles se olhavam e, exasperado, deu de ombros e tentou rir.

— Sei que vocês não vão acreditar se lhes contar tudo que me aconteceu, também por causa do raio, quantas línguas orientais aprendi, ou melhor, que nem sequer precisei aprender, pois de uma hora para outra vi que já sabia todas. E só estou lhes contando essas coisas agora porque sei que isto é um sonho, e ninguém vai ficar sabendo.

— Você não está sonhando, Dominic — disse Nicodim, com suavidade. — Está aqui conosco, com seus amigos, aqui no café. É assim que imaginávamos que iria acontecer. Quando o professor Dominic melhorar, vocês vão ver que é no Select que ele vai aparecer!

Tornou a explodir numa gargalhada e olhou para todos intensamente, como se temesse despertar naquele exato momento e perder o contato com eles.

— Se eu não estivesse sonhando, vocês teriam ouvido falar de Hiroshima e das bombas de hidrogênio, e também de Armstrong, o astronauta que desembarcou na Lua neste verão, em julho.

Todos se calaram, sem nem se atrever a trocar olhares. O doutor acabou rompendo o silêncio:

— Então foi isso o que aconteceu. Você foi confundido com outra pessoa...

Quis responder, mas começou a se sentir cansado. Passou diversas vezes a mão pela face.

— É como naquela história do... do filósofo chinês, sabem qual, aquela que já contei tantas vezes...

— Que filósofo chinês, professor Dominic? — perguntou Vaian.

— Acabei de dizer — respondeu irritado. — Agora o nome me escapa. Aquela história da borboleta... Enfim, é longa demais para eu repetir de novo...

Sentiu no corpo inteiro um cansaço inexplicável e, num certo momento, achou que iria desmaiar. "Mas talvez seja melhor assim", pensou. "Se eu desmaiar, acordo na hora..."

— Chamei um trenó para levá-lo para casa, professor Matei — disse alguém. — Veta já acendeu o aquecedor...

— Não preciso de nenhum trenó — irrompeu a falar, levantando-se. — Vou a pé. Quando o problema se apresentar, saberei o que responder!

— Que problema, Matei? — perguntou-lhe Nicodim.

Teve ganas de responder: "O problema que inquieta a todos nós!", mas sentiu de repente que todos os seus dentes bambeavam e, humilhado, furioso, cerrou violentamente o maxilar. Então, deu alguns passos em direção à saída. Para sua surpresa, os outros se afastaram da mesa e lhe deram passagem. Quis virar-se e saudá-los, erguendo o braço, mas o menor movimento o extenuava. Hesitante, respirando com dificuldade pelas narinas, pois mantinha a boca fechada com força, saiu para a rua. O ar frio o revigorou. "Começo a despertar", pensou consigo mesmo. Supondo que ninguém o observava, levou a mão em concha à boca e cuspiu os dentes, dois a três de cada vez. Lembrou-se vagamente, como de um sonho meio esquecido, que a mesma coisa lhe acontecera uma vez: durante algum tempo não pudera falar porque todos os seus dentes estavam bambos. "Trata-se, portanto, do mesmo problema!", pensou sereno, apaziguado.

Naquela noite, o porteiro do hotel aguardou em vão pelo retorno do hóspede do quarto número dezenove. Mais tarde, quando começou a nevar, ele telefonou para o café Select. Disseram-lhe que um senhor estrangeiro tinha vindo, à tardinha, e se dirigira diretamente para a sala dos fundos. Mas, passado algum tempo, talvez pelo fato de a sala estar vazia e mal-iluminada, ele fora embora sem nem dizer boa noite, apertando a mão direita contra a boca. De manhã, na rua Episcopiei, em frente ao número dezoito, foi encontrado, congelado, um desconhecido, muito velho, vestido com um terno elegante e um casaco caro, forrado de pele. O casaco e as roupas eram tão largos que não havia dúvida de que não pertenciam a ele. Ademais, no bolso do sobretudo foram encontrados uma carteira com dinheiro estrangeiro e um passaporte suíço, em nome de Martin Audricourt, nascido em Honduras, em 18 de novembro de 1939.

Paris, novembro-dezembro de 1976

DAYAN

I

Mal haviam chegado ao fim da rua, quando Dobridor, depois de voltar-se pela segunda vez para se certificar de que não havia ninguém atrás deles, perguntou:

— Você não notou nada de estranho no Dayan?

Dumitrescu encolheu os ombros, afetando indiferença.

— Você sabe que esse personagem não me interessa — disse ele, avançando, sem se deter, com o mesmo passo lento, calculado, como se quisesse economizar energia. — Não gosto de gênios, nem de premiados — acrescentou.

— Eu sei, mas desta vez é diferente — disse Dobridor, baixando a voz. — Algo bastante misterioso. Na verdade — retomou ele, depois de olhar para trás mais uma vez — algo que me parece inexplicável. E até suspeito...

Dumitrescu estacou bruscamente e o olhou com curiosidade, com um sorriso forçado.

— Dayan, *suspeito*? — exclamou. — Melhor aluno da turma desde o primeiro ano primário, a poucas semanas de receber o diploma *summa cum laude*, a três ou quatro meses do mais brilhante doutoramento, a um ano da cátedra que será criada só para ele, a três anos da Academia de Ciências, a sete anos do...

— Não sei se é realmente suspeito — interrompeu-o Dobridor —, mas é bastante misterioso. Em todo caso, me parece inexplicável. Foi ontem à tarde, na aula de geometria, quando ele estava na lousa, que eu percebi pela primeira vez; sabe, o Dorobantu o chamara para nos explicar...

— Sei: "ô, Dayan, venha explicar para eles, que você explica melhor do que eu!". O eterno bordão, com seu arremate infalível: "ô, Dayan, explique para eles, que se esses palermas não entenderem nem a você, vou mandar todos para o trabalho braçal!".

— E me admira que ninguém além de mim tenha percebido — continuou Dobridor. — Até fui verificar hoje de manhã. Passei várias vezes na frente dele, depois cheguei bem perto e, fingindo não ter acompanhado muito bem sua demonstração, pedi que desse algumas explicações. Aproveitei para observá-lo com atenção, e acho que ele desconfiou, porque corou e começou a gaguejar. Por isso eu disse que me pareceu suspeito. Por que teria corado ao perceber que eu o observava com atenção, *que eu observava principalmente seu olho esquerdo?...*

— Mas por que você o observava com tanta atenção? — interrompeu-o Dumitrescu.

Dobridor deu um sorriso enigmático.

— Porque, desde que eu conheço o Dayan, ele sempre tapou o *olho direito* com uma venda preta, que agora lhe tapa o *esquerdo*.

— Não é possível! — interrompeu Dumitrescu de novo.

— Pois estou lhe dizendo que já verifiquei várias vezes. Até há poucos dias, seu olho esquerdo era o bom, e agora é o direito.

Dumitrescu ficou pensativo por alguns instantes.

— Isso quer dizer... — começou a falar em tom grave, depois de umedecer os lábios — isso quer dizer que *ambos os olhos são bons*.

— E daí?...

— E daí que ele usa a venda por capricho, para parecer mais interessante... Ou talvez — acrescentou depois de uma pausa, frisando as palavras — *por outros motivos*.

— Por isso eu dizia que me pareceu suspeito...

— Temos que passar essa informação adiante — continuou Dumitrescu, baixando a voz.

— Também pensei nisso — murmurou Dobridor —, que devíamos informar...

— Mas precisamos agir com cuidado — retomou Dumitrescu depois de engolir em seco várias vezes, com dificuldade, até conseguir umedecer os lábios. — Muito cuidado — repetiu. — O Dayan não pode desconfiar de nada, se não ele é capaz de trocar a venda de novo...

Na manhã seguinte, o céu estava anormalmente escuro, e todas as lâmpadas estavam acesas na sala do reitor. O jovem bateu várias vezes à porta, aguardou alguns instantes, abriu-a cuidadosamente e entrou. Postou-se na soleira, como que ofuscado pela luz artificial.

— O camarada secretário disse que o senhor mandou me chamar — murmurou.

Irinoiu o observou longamente, perscrutador, como se nunca antes tivesse tido a oportunidade de olhá-lo à vontade. Passado um instante, fez um sinal para que se aproximasse.

— Constantin Orobete — perguntou-lhe —, desde quando o chamam de Dayan?

O jovem corou e apertou os dois braços contra o corpo.

— Desde 1969, depois da Guerra dos Seis Dias,[1] quando todos os jornais publicaram fotos do general Moshe Dayan. O senhor sabe, por causa da venda preta...

Irinoiu tornou a fitá-lo atentamente, com um sorriso amargo, incrédulo.

— Mas por que você usa a venda preta?

---

[1] O conflito armado entre Israel e a frente árabe, formada pelo Egito, a Síria e a Jordânia, ocorreu não em 1969, mas em junho de 1967. (N. do T.)

— Por causa de um acidente. Um vizinho me feriu no olho, sem querer, com um cabide. Ele tinha acabado de comprar numa liquidação, era um cabide grande, de madeira, e o estava levando para seu apartamento, carregando-o no ombro. Mas na frente da porta ele se virou de repente, num movimento brusco, e me atingiu. Não tinha visto que eu estava ali, no corredor, encostado na parede, esperando. Esperando ele passar e entrar com o cabide em casa...

— E nunca se curou?

— Não. Não tinha cura. A madeira esmagou meu olho e penetrou até o fundo da órbita... Por isso tenho que usar a venda preta. Não puderam colocar um olho de vidro.

— Qual foi o olho? — perguntou Irinoiu, levantando--se.

O jovem levou a mão direita à testa e esfregou o rosto molemente.

— Este olho que o senhor está vendo — murmurou constrangido.

Irinoiu aproximou-se dele, fitando-o com um olhar cada vez mais penetrante.

— O olho esquerdo, portanto — disse, ressaltando cada palavra. — Contudo, seu dossiê, que acabo de folhear — precisou, apontando para a mesa —, inclui um atestado do hospital Coltea[2] onde consta que um objeto de madeira, não se menciona qualquer cabide, um objeto pontiagudo de madeira destroçou seu olho *direito*...

Orobete baixou a cabeça, desalentado.

— Vamos, tire a venda!

Observava-o com curiosidade, acompanhando cada um de seus gestos. Quando o jovem soltou o elástico e retirou cuidadosamente a venda, Irinoiu franziu a testa, recuou um passo e virou a cabeça. A órbita era profunda, escarlate, com

[2] Hospital mais antigo de Bucareste, fundado em 1704. Pronuncia-se "Côltzea". (N. do T.)

um farrapo sanguinolento de pálpebra dependurado, flácido e inútil.

— Pode recolocar a venda — disse, retornando para a mesa.

Folheou o dossiê, tirou uma página amarela e a estendeu ao rapaz.

— Caso tenha esquecido os detalhes do acidente de 8 de setembro de 1963, leia o atestado emitido pelo Departamento de Cirurgia do hospital Coltea três dias depois, em 11 de setembro.

O jovem, tremendo, pegou a folha amarela com uma das mãos e logo a passou para a outra, sem olhar o que dizia.

— Leia! — ordenou Irinoiu. — Você mesmo vai se convencer. Olho direito. Leia bem! *Olho direito*!

Como se tivesse tomado uma súbita decisão, o jovem deixou a folha sobre a mesa e encarou o reitor com um olhar desalentado.

— Sei que não vai acreditar em mim — começou a falar, com voz firme —, mas juro pelo túmulo dos meus pais que o que vou lhe dizer é verdade. Tudo aconteceu faz quatro dias, no domingo passado. Estava anoitecendo; eu tinha saído para passear pela avenida, em direção ao Cismigiu.[3] De repente ouvi alguém atrás de mim me chamando: "Dayan! Dayan!". Parei e virei a cabeça. Pensei que fosse algum conhecido. Mas era um senhor de idade, de muita idade, de barba grisalha, vestido de um jeito estranho, com uma espécie de caftan comprido e um tanto surrado. "Seus amigos e colegas o chamam de Dayan, não é?", perguntou-me. "É sim", respondi. "Como foi que o senhor adivinhou?". "É uma longa história, só que vocês, jovens de hoje em dia, não querem mais saber de histórias... Mas fique sabendo que a venda de Moshe Dayan tapa o seu olho esquerdo. Se quiser se parecer com ele, você deve trocar de olho. Vamos nos sentar neste banco que eu troco

[3] Parque de Bucareste. (N. do T.)

para você num instantinho." Achei que ele estava brincando, por isso lhe perguntei, com um sorriso: "Se o senhor tem esse poder, por que não me dá um olho são?". E ele: "Isso eu não posso fazer".

Um clarão avermelhado rasgou o céu, e Orobete se calou por alguns instantes, esperando os ecos do trovão se dissiparem.

O reitor se remexia nervoso na poltrona.

— E então? — perguntou ele impaciente. — Que foi que aconteceu depois?

— Ele respondeu: "Isso eu não posso fazer, porque não tenho o direito de operar milagres...". Comecei a ficar com medo, e lhe perguntei: "Mas quem é o senhor?". "Mesmo que eu lhe dissesse, você continuaria sem saber quem sou, pois os moços de hoje já não leem Eugène Sue." Então eu exclamei: "*O Judeu Errante*?![4] Eu li há muito tempo, na aldeia dos meus avós...". E ele me interrompeu: "Em Strândari, você leu o livro escondido no celeiro comunal e acabou bem na noite de Sânziene,[5] decifrando a última página nos últimos minutos em que ainda se podiam enxergar as letras impressas sobre o pior papel existente antes da Primeira Guerra Mundial...".

— Que é isso!? — exclamou Irinoiu, surpreso. — Foi assim mesmo que você leu esse livro?

— Exatamente como ele descreveu. A última página com enorme dificuldade, pois a escuridão já tomava conta do ce-

---

[4] Referência ao romance de cunho social do escritor francês Eugène Sue (1804-1857), publicado primeiramente sob forma de folhetim, entre 25 de junho de 1844 e 26 de agosto de 1845, no cotidiano político *Le Constitutionnel*, e que se tornou um dos maiores sucessos literários do século XIX. (N. do T.)

[5] Na noite de 24 de junho, os camponeses romenos celebram o solstício de verão por meio de ritos que evocam um antigo culto dácio ao Sol. (N. do T.)

leiro e o papel era realmente muito ruim; uma daquelas maculaturas que antigamente se usavam para imprimir romances em fascículos... Aí fiquei realmente assustado — acrescentou. — Petrificado de espanto. O velho me puxou pela mão, me fez sentar no banco, ao lado dele, e disse: "Não tenho muito direito de descansar. Uma vez a cada dez ou quinze dias, no entanto, o pessoal lá de cima finge que não me vê... Faz anos que não me sento num banco. Quando quero descansar, procuro uma cama, ou me deito embaixo de uma marquise ou na areia, quando faz calor...". E enquanto falava, sem eu perceber, tirou a venda do meu olho; e depois não lembro mais o que aconteceu. Tinha a impressão de estar sonhando...

Um raio caiu bem perto, e o jovem tornou a interromper seu relato.

Irinoiu olhou para a janela com expressão carregada.

— Eu tinha a impressão de sonhar e não procurava entender o que estava acontecendo, pois dizia a mim mesmo: "Nos sonhos, tudo é possível...". Lembro que ele molhou o dedo na boca e o passou várias vezes, com muito cuidado, sobre a ferida. Em seguida, recolocou a venda sobre o outro olho, sorriu e disse: "Agora você realmente se parece com Moshe Dayan. E não é que você enxerga melhor com o olho direito?". De fato, enxergava bem melhor, mas nem por isso me alegrava; não podia acreditar naquilo, como se realmente fosse um sonho. E eu estava tão aturdido que nem percebi quando ele partiu. Tinha me demorado no banco, tentando assentar melhor a venda. Não estava acostumado a usá-la do lado esquerdo e me incomodava; precisava de um espelho para ajeitá-la. Levantei, e só então me dei conta de que o velho não estava mais do meu lado. Corri o olhar à procura dele, pela rua e pela calçada em frente. Tinha sumido. Só quando cheguei em casa e retirei a venda diante do espelho...

Interrompeu-se, ofuscado pelo clarão do relâmpago. Em seguida, o trovão estremeceu longamente as janelas.

Irinoiu se afastou bruscamente da mesa e pôs-se a caminhar com passos largos e rápidos, sem tentar mais ocultar a irritação.

— O raio caiu perto — murmurou o jovem.

Uma rajada de granizo golpeou as janelas, e a tempestade logo apertou.

— Olhe aqui, Constantin Orobete — irrompeu-o de repente o reitor, mal conseguindo dominar sua fúria. — Toda essa história do Judeu Errante e da mágica com o dedo molhado na boca e a troca da venda não me interessa. Se eu não conhecesse você, se não soubesse que é órfão, que o seu pai foi funileiro e sua mãe lavadeira, se eu não soubesse que você foi sempre o melhor aluno, desde o primário, e que o camarada engenheiro Dorobantu tem grande orgulho de você, sempre alardeando seu suposto gênio matemático...

Estacou no meio da sala, com uma mão no bolso e gesticulando nervosamente com a outra, esperando o trovão.

— Se não soubesse de tudo isso, eu o denunciaria como obscurantista, supersticioso e místico. Mas essa história me parece muito mais suspeita. Por ora, prefiro não me meter. Não vou relatar nada. Mas a partir de amanhã você só poderá pôr os pés nesta faculdade exatamente como foi admitido nela e como consta em seu dossiê: com a venda tapando o olho direito...

— Mas eu juro que foi isso que aconteceu! — murmurou Orobete. — E se eu puser a venda sobre o olho direito, vou deixar a ferida do olho esquerdo descoberta, e aí não vou poder enxergar nada...

— Problema seu! — interrompeu-o Irinoiu, cada vez mais irado. — Se amanhã você não se apresentar exatamente como consta no atestado médico, vou encaminhar um relatório a respeito. E que fique bem claro desde já: não conte comigo no inquérito. Eu sempre digo a verdade!

II

Avistou-o ao longe e se lançou a correr atrás dele, mas logo sentiu palpitações e foi obrigado a parar. Depois de alguns instantes, partiu novamente em seu encalço, a passos largos, mantendo a palma da mão direita sobre o coração, como que tentando controlar as batidas. Quando o viu mais perto, atreveu-se a gritar:

— Senhor!... Senhor israelita! Senhor!... — repetiu várias vezes.

Um transeunte virou a cabeça espantado, sorriu, levou uma das mãos à boca para esconder o riso e mudou de calçada.

Com um grande esforço, sempre apertando o coração, Orobete apressou ainda mais o passo. Ao chegar a poucos metros do outro, pôs-se de novo a gritar.

— Senhor israelita! Senhor Judeu Errante!

O velho parou e virou a cabeça, surpreso.

— Dayan! — exclamou. — Mas o que você está fazendo aqui? Eu estava indo para a escola. Pensei que encontraria você lá...

— Fui escorraçado da faculdade — disse Orobete, ainda com a mão sobre o coração. — Quer dizer, não me expulsaram definitivamente, só que não me deixam entrar na sala de aula enquanto...

Parou de falar, resfolegante, mas ainda conseguindo sorrir.

— Por favor, me desculpe — sussurrou —, mas meu coração está batendo forte demais, palpitando como se estivesse a ponto de explodir... Isso nunca me aconteceu antes...

— E nunca mais vai acontecer — disse o velho, estendendo o braço e roçando a mão nos ombros e no peito do rapaz.

Orobete deu um longo suspiro e começou a ofegar rápido e brusco, como se tivesse segurado a respiração por muito tempo.

— Já passou! — suspirou, aliviado.

— Tinha mesmo que passar — disse o velho —, pois se durasse mais dois ou três minutos você cairia desmaiado na rua, e até a ambulância chegar, quanta coisa poderia ainda acontecer... Como vê, os dois tivemos nosso ônus; eu tive que desandar meu caminho para tentar desagravar você, e seu coração parece ter pressentido o que lhe espera...

Calou-se e tocou de novo em seu braço.

— Vamos, que você não vai mesmo entender qualquer metáfora que eu usar. Só vou lhe dar um conselho: não fale nem pergunte nada. Deixe o Tempo se acumular entre nós. Se você é de fato um gênio da matemática, como dizem, também vai compreender essa virtude que o Tempo tem de se contrair e dilatar conforme as circunstâncias. Portanto, não faça perguntas. Mas não deixe de responder as que eu lhe fizer. Quero ter certeza de que me entende.

Parou em frente a uma casa construída, a julgar pela aparência, no final do século passado.

— Você por acaso sabe quem mora aqui?

— Não — respondeu Orobete.

— Nem eu. Vamos entrar. Talvez encontremos nela algum cômodo isolado onde possamos conversar em paz.

Abriu o portão de ferro e, diante da hesitação do jovem, que não se atrevia a entrar, pegou-o pelo braço e o puxou atrás dele. Atravessaram rapidamente alguns metros que os separavam da porta que parecia ser a entrada de serviço. Diante dela, o velho apertou brevemente a campainha e, sem esperar, girou a maçaneta e entrou.

— Não estou gostando disso! — exclamou depois de correr os olhos em volta.

Estavam no fundo de um grande salão retangular, ainda bem-conservado, mas sem tapetes e com pouquíssimos móveis. As duas janelas que ladeavam a porta estavam ocultas atrás de uma cortina cor de cereja madura, mas as demais janelas, alguns metros à frente, na metade do salão, não tinham cortinas e deixavam a luz da tarde de maio entrar em cheio.

— Não estou gostando disso — repetiu o velho. — Pelo visto, os proprietários não conseguiram vender toda a mobília.

Pôs-se a caminhar a passos largos, com inesperado vigor, puxando Orobete atrás dele.

— Não tenha medo — acrescentou. — Não vai nos acontecer nada, pois não entramos aqui com más intenções.

O jovem virou a cabeça repetidas vezes, ora para trás, ora para as janelas, onde teve a impressão de entrever a sombra de um transeunte passar de quando em quando. E justo quando ia virando a cabeça mais uma vez para as janelas, viu-se atravessando, levado pela mão do velho, um outro cômodo, onde nem percebera que havia entrado. Era como uma sala de jantar com ar vetusto, mas que não parecia, de modo algum, integrar o mesmo prédio a que pertencia o salão.

— Não! — tornou a exclamar o velho. — Também não é o que procuramos. Vamos tentar do outro lado do jardim.

Desceram então uma escadaria de pedra que dava num pequeno parque, com um laguinho onde Orobete entreviu alguns peixes nadando sonolentos por baixo dos nenúfares. Estava tão surpreso que se virou para o outro, decidido a lhe fazer uma pergunta.

— Vejo que você gosta muito de Púchkin — retomou o velho. — Anda com seu volume de contos no bolso, e ainda por cima na língua original.

— Aprendi russo só para poder ler Púchkin — disse Orobete, levemente intimidado. — Mas, se o senhor não se incomoda, permita-me uma pergunta...

— *A filha do capitão*![6] — exclamou o velho, com um sorriso melancólico. — Ainda me lembro daquela noite em São Petersburgo, quando um estudante irrompeu como um furacão na estalagem em que eu pousava e gritou: "Púchkin morreu! Morreu baleado num duelo!". Em seguida enterrou a cabeça entre as mãos e desatou a chorar.

— Por pouco não fiz o mesmo quando li sobre sua morte na biografia...

— Cuidado para não escorregar! — interrompeu-o o velho, apertando-lhe o braço com força. — Devem ter encerado o assoalho para o baile da semana que vem, pois aqui estamos às vésperas do Carnaval.

Orobete olhava desconcertado ao seu redor, procurando entender onde se encontrava, mas avançavam tão rápido que ele só conseguia captar fragmentos de um cenário que parecia mudar a cada instante.

— Se o senhor não se incomoda... — tentou perguntar de novo.

— O grande e genial poeta romântico Púchkin! — continuou o velho. — *A filha do capitão*!... Aposto que você releu o livro cinco ou seis vezes. Ainda se lembra daquele trecho em que um dos personagens explica por que o oficial russo *deve* jogar bilhar?

— Lembro de cor, pois me entristeceu e me fez refletir. Poderia citá-lo em russo, mas prefiro em romeno, na minha própria tradução.

— Vá em frente — disse o velho num tom grave, parando no meio da sala.

Era um aposento amplo, mas com pé-direito anormalmente baixo e uma das paredes inclinada, como numa água-

---

[6] Novela do grande escritor russo Aleksandr Púchkin (1799-1837), adaptada para a ópera por seu compatriota César Cui (1835-1918). (N. do T.)

-furtada. Uma luz tristonha, escassa, entrava por umas janelinhas ovais.

— "Quando, por exemplo, estando em manobras" — pôs-se a recitar Orobete — "chegamos a um vilarejo miserável, o que fazer para matar o tempo? Quando não se pode espancar judeus. A única opção que resta é ir jogar bilhar na taverna..."

— Exatamente. Há muito tempo era assim na Rússia. E nos dias de hoje as coisas não são muito diferentes. Mas, na verdade, quem diz isso é um personagem do Púchkin...

— Foi o que eu achei. Não é o próprio Púchkin, mas um de seus personagens. Um personagem bem antipático, diga-se de passagem. Mas eu queria lhe perguntar...

— Já sei — interrompeu o velho, tomando-o de novo pelo braço —, e eu vou lhe responder assim que encontrarmos um lugar tranquilo, onde possamos conversar sem que ninguém nos perturbe. Mas antes vamos sair deste labirinto... Como você vê, são casas que existiram no passado e que se incendiaram ou foram demolidas, e por cima delas construíram outras casas, só que planejadas de outra maneira, de modo que às vezes nos vemos num bulevar ou num jardim. Como agora — acrescentou, apertando seu braço com força. — Este parque pertencia a um ricaço; ali ao fundo havia uma estufa orlada de roseiras. Imagine como era este jardim desde o início de maio até meados de outubro... Agora, porém, com a chegada do inverno...

Orobete viu-se avançando por uma alameda ladeada de árvores altas e nuas, sentindo embaixo das solas o cascalho úmido, gelado.

— Um boiardo podre de rico — continuou o velho. — Diziam que tinha 99 criados; nem todos eram servos, pois mandara trazer do estrangeiro hábeis cozinheiros, lacaios e jardineiros. Também diziam que ele sempre tinha hóspedes, fosse inverno ou verão, mas nunca mais de uma dúzia, pois não gostava de alvoroço...

Quando, chegando ao final da alameda, o velho abriu o portão e o instou a entrar naquilo que parecia uma galeria, o jovem hesitou.

— Estranho — disse ele —, mas até agora não passou vivalma, nem se ouviu a voz de uma criança...

O velho pôs a mão sobre seu ombro.

— Como você poderia vê-los, Dayan, como poderia ouvi-los? Os antigos moradores destas casas estão mortos há muito tempo. Os mais jovens morreram no fim do século passado...

Orobete estremeceu e olhou o velho nos olhos. Parecia assustado.

— Mas e os outros, os filhos deles ou os que tomaram seu lugar, onde estão?

O velho balançou a cabeça, sorrindo com tristeza, como se tentasse disfarçar seu desapontamento.

— Vinda de um gênio da matemática como você, essa pergunta não tem cabimento, pois não faz sentido. Os outros, os que ainda estão vivos, também vivem em suas respectivas casas, as quais por acaso às vezes são justamente algumas das casas pelas quais passamos. Mas, como você sabe muito bem...

— Então! — exclamou, pálido, Orobete. — *Então*...

O velho o fitou, sorrindo com curiosidade, e em seguida pegou de novo em sua mão.

— Eu pensei que você tivesse entendido faz tempo — disse. — Mas agora precisamos nos apressar, atravessar este inverno...

III

O jovem se deixou conduzir o tempo todo sem olhar em volta. Por momentos flagrava-se pensando na mesma equação fabulosa que estava tentando resolver havia meses.

— Cuidado, Dayan! — ouviu-se um grito. — Se você cair no sono, vai se perder e precisar de muitos anos para encontrar a saída...

— Eu não estava dormindo, nem estou com sono — devolveu Orobete, corando. — Só estava pensando num quinto teorema. Se eu o entendesse, entenderia o que está acontecendo comigo *neste exato momento*.

— Você vai entender, mesmo sem a ajuda do teorema. Mas para isso precisamos nos apressar.

Avançavam, pareceu-lhe, cada vez mais rápido, atravessando uma série de quartos mal-iluminados, cujos contornos ele não era capaz de distinguir. Logo chegaram a um salão decorado com uma elegância incomum, com tapeçarias e espelhos venezianos. Os dois pararam diante de uma janela alta e grande, que ocupava metade da parede.

— *Mira ahora*! — exclamou o velho. — Olhe agora! O sol! Dentro de alguns instantes, ele vai se pôr sobre o lago...

— O sol está se pondo! — murmurou Orobete, repentinamente comovido. — E parece que é e não é o mesmo sol nosso de cada dia — acrescentou.

— Nesta região ele é assim no fim de outubro. Você nem precisa de uma calculadora para saber quantas vezes vi o pôr do sol. A lenda já diz: mil novecentos e tantos anos. É só multiplicar. Mas na verdade é muito mais, *muito mais*...

Tomou-o pela mão e o puxou levemente em direção a uma das portas, que estava entreaberta.

— Por que estarei dizendo tudo isso justamente a você, que vem lutando contra a "astúcia do Tempo", contra a *List der Zeit*, para parodiar a expressão de Hegel, *List der Vernunft*, a famosa "astúcia da Razão"? Olhe para esta porta entreaberta. Não vamos atravessá-la, pois o quarto além dela não faz parte do nosso percurso. Mas de suas janelas nunca se vê o pôr do sol. E justamente esse detalhe, aparentemente tão banal, *que daí nunca se pode ver o pôr do sol*, foi durante muito tempo um grande segredo. Entende o que quero dizer com a palavra "segredo"? Uma tragédia que terminou com um crime, mas um crime tão misterioso, camuflado com tanta astúcia, que ninguém nunca desconfiou de nada...

— Como num conto fantástico escrito por um poeta genial — murmurou Orobete. — Gostaria de ouvi-lo...

— Eu também gostaria de contá-lo mais uma vez — disse o velho, segurando-o pelo braço. — Mas, no ritmo em que estamos andando, eu precisaria de alguns dias. Vamos deixá-lo assim, como ele permaneceu na memória das pessoas da época: um episódio totalmente inexplicável...

Eles avançavam mais rápido do que nunca e, depois de algum tempo, ele se sentiu cansado e acabou por diminuir o passo involuntariamente.

— Eu sei o que você tanto queria me perguntar desde que nos reencontramos — disse o velho, detendo-se. — Você queria me perguntar *se é verdade*... E eu não sei como lhe responder. Em outra época, Dayan, quando as pessoas amavam as lendas e, sem perceber, pelo simples fato de escutá-las com seriedade e encantamento, decifravam muitos segredos do Mundo, embora nem desconfiassem o quanto elas aprendiam e descobriam ouvindo ou contando fábulas e lendas... Em outra época, repito, as pessoas me conheciam como Ahasverus,[7] o Judeu Errante. E enquanto as pessoas consideravam minha história verdadeira, eu realmente era o Judeu Errante. Não me explico nem me justifico. Mas o fato de eu ter permanecido tanto tempo entre vocês encerra um significado; um significado profundo e terrível. E quando vocês forem julgados, todos vocês desta parte do mundo, cristãos e judeus, céticos e incréus, todos serão julgados conforme o que *entenderam* da minha história...

Só então Orobete se deu conta de que haviam entrado num cubículo miserável, com uma cama de ferro e uma mesa velha de madeira, sobre a qual havia um lampião de gás.

— E agora que você já descansou — acrescentou o velho —, precisamos nos apressar. Está escurecendo.

Tomou-o pelo braço e o puxou suavemente para perto dele. A luz de fato diminuía à medida que os dois avançavam. Mas Orobete não conseguia saber se estava mesmo anoitecendo ou se a penumbra se devia às cortinas que ele via de ambos os lados do que lhe parecia uma galeria interminável.

— Para você não voltar a cair na tentação de pensar no teorema — retomou o velho — vou responder à sua outra pergunta, aquela que você estava prestes a fazer quando vi no seu bolso o livro do Púchkin. Você queria me perguntar quanto tempo eu ainda vou errar pelo mundo sem descanso. Como você bem pode imaginar, é a única coisa que eu desejo: sendo mortal, quero também poder morrer um dia, como todo o mundo.

Estacou subitamente e sacudiu o braço do rapaz.

— Ei, Dayan! — gritou. — Pare de pensar em Einstein e em Heisenberg! Escute o que estou lhe dizendo, pois logo

[7] Nome dado ao Judeu Errante, personagem mítico do cristianismo popular medieval. Na lenda original, que se espalhou pela Europa a partir do século XIII, tratava-se de um judeu que teria insultado Jesus na via--crúcis, sendo por isso condenado a vagar pelo mundo sem descanso, até a volta do Messias. (N. do T.)

vou saber se você entendeu ou não a razão que me leva a *só agora* responder às suas perguntas.

— Estou escutando — murmurou Orobete, intimidado. — Mas se eu não entender o princípio dos axiomas, não vou entender o que vai acontecer.

— Faça um esforço de imaginação, e você acabará entendendo. Mas antes de tudo lembre-se da *lenda*. Esqueça que se trata da *minha* lenda. Lembre-se do que a lenda *diz*: que terei o direito de descansar, ou seja, de morrer, no fim do mundo, pouco antes (mas quanto tempo antes? *quanto*?), pouco antes do Juízo Final. Daí você pode entender que, durante quase dois mil anos, nenhum homem desejou o fim do mundo tanto quanto eu. Imagine com quanta impaciência esperei o *milênio*, o ano 1000! Com quanto fervor rezei na noite de 31 de dezembro de 999!... Mais tarde, recentemente, depois das últimas explosões termonucleares, recobrei as esperanças... Escute bem, Dayan, pois o que vou dizer agora diz respeito diretamente a você...

— Estou escutando — murmurou Orobete. — O senhor falava de...

— Falava das últimas explosões termonucleares. Todo o mundo está falando delas, mas para mim as bombas de hidrogênio e de cobalto representam minha última "esperança". Esperança entre aspas, porque se trata absolutamente de outra coisa. E aproveito o momento para dizer que você precisa se acostumar, Dayan, a adivinhar uma outra linguagem em meio às palavras do dia a dia. Acho que, por ser matemático, e ainda por cima gostar de poesia, você logo vai aprender esse aparente "jogo"...

— Estou escutando — disse Orobete quando o velho se calou e diminuiu o passo. — Acho que entendo o que o senhor quer dizer...

— E tente não pensar mais no quinto teorema — retomou o velho instantes depois —, pois já começamos a descer, e agora que escureceu...

— Estamos descendo? — perguntou Orobete surpreso, olhando em volta. — Eu diria o contrário...

Embora estivessem em meio a uma escuridão quase absoluta, parecia-lhe que começavam a subir uma suave ladeira, levemente inclinada para a direita.

— Cuidado! — gritou o velho, apertando o braço dele com força. — Mais dois passos e chegaremos à escada, e os degraus, embora de pedra às vezes estão gastos pelo tempo...

— Sim, é verdade! — disse Orobete ao sentir sob os pés o primeiro degrau de pedra. — Não se preocupe — acrescentou —, não vou escorregar. Estou acostumado a subir e descer escadas no escuro...

Contudo, tinha a impressão não que estava descendo, mas avançando, e pisava as pedras do calçamento com prudência, como num túnel.

— E agora escute bem — retomou o velho. — Você não tem como saber que no dia 21 de abril de 1519, uma Sexta-feira da Paixão, Hernán Cortez hasteou a bandeira da Cruz sobre a terra mexicana, no lugar onde mais tarde foi construída a cidade de Vera Cruz. Você também não tem como saber que, segundo o calendário asteca, a data de 21 de abril de 1519 correspondia ao último dia do período Beatífico (também chamado "Época do Céu"). Esse período havia durado treze ciclos de 52 anos. Além disso, o dia de 21 de abril de 1519 assinalava o início do período Infernal... Preste atenção, Dayan — gritou, apertando-lhe o braço outra vez —, porque, repito, isso diz respeito diretamente a você!

— Estou escutando, mas...

Orobete de repente se calou, como que tomado de medo.

— Diga, diga! — encorajava-o o velho.

— Mas nós *não estamos descendo*!

— Em outras palavras, *eppur si muove*! Mas desta vez você se enganou, Dayan. Você poderá constatá-lo quando sairmos de novo à luz. Se você tivesse o gênio de Galileu, confiaria no que a razão lhe demonstra, não no que lhe dizem os sentidos.

— Certo — começou a falar Orobete, ganhando coragem —, mas é justamente isso o que me perturba: o fato de eu não conseguir identificar a *razão*. Enquanto não entender os axiomas, não vou saber como me livrar da ilusão dos sentidos... Confesso com toda a sinceridade: não tenho a impressão de termos descido ou estarmos descendo, mas a de que avançamos por um túnel escuro. Diria, antes, que estamos subindo...

— Quem, hoje em dia, lê o *Gilgamesh*?! — exclamou o velho.

Orobete estacou, assustado.

— Quer dizer que o senhor sabe que o li...

— Sei — acrescentou o velho, puxando-o levemente pela mão.

— Eu o li porque não consigo dormir mais do que quatro ou cinco horas por noite, e de madrugada, depois da meia-noite...

— Vou lhe dizer o que acontece de madrugada depois da meia-noite — interrompeu o velho. — Você não consegue mais pensar, como costuma dizer, não consegue mais, entre aspas, "pensar a matemática", e então você volta ao seu primeiro amor: a poesia.

— É verdade — murmurou Orobete —, mas ninguém sabe disso.

— Nem deve saber. Você faz muito bem em manter seus livros de poesia trancados no baú azul.

— É tudo o que me restou de mamãe. O baú do dote...

— Eu sei — continuou o velho. — E sei também que nem todos os livros couberam nele. Você escondeu outros volumes de poesia atrás dos dicionários, na estante. Livros que você encontrou em sebos ou comprou de ex-colegas, por uns trocados. Foi assim que você conseguiu *L'épopée de Gil-*

gamesh, na tradução de Contenau,[8] achando que se tratava de uma verdadeira epopeia, como as de Homero e Virgílio.

— Inacreditável! — murmurou Orobete, emocionado. — Como é que o senhor sabe disso tudo?

— Você vai descobrir logo mais... Mas quando, agora há pouco, você me disse que estamos avançando "como num túnel", sem perceber se lembrou do caminho subterrâneo de Gilgamesh. Sabe, quando Gilgamesh saiu em busca de Utnapishtim, para dele conseguir o segredo da imortalidade, e acabou chegando ao portão através do qual o sol diariamente se punha, o portão vigiado por dois homens-escorpião...

— Que, no entanto — continuou Orobete, comovido —, não lhe barraram a entrada, pois reconheceram nele o filho da deusa Ninsun, fruto da união com um mortal. Gilgamesh entrou no túnel, que era o caminho que o sol percorria todas as noites.

— E nele andou por doze horas, até sair do outro lado da montanha, num jardim paradisíaco...

— Isso mesmo — sussurrou Orobete.

— Nós não precisaremos de tanto tempo — disse o velho. — Mas se, há pouco, em vez de confiar nos seus sentidos ou de buscar a solução dos axiomas, você tivesse deixado sua imaginação acompanhar Gilgamesh no túnel, teria compreendido, a exemplo do famoso herói mesopotâmico, que *estamos descendo* embaixo da terra...

— É verdade — murmurou Orobete.

— Mas talvez a culpa seja minha — continuou o velho —, pois que interesse poderia ter para um jovem gênio da matemática, no ano 5733 desde a Gênese do mundo,[9] que

[8] Georges Contenau (1877-1964), arqueólogo, orientalista e historiador das religiões francês; sua tradução da *Epopeia de Gilgamesh* foi publicada em 1939. (N. do T.)

[9] Ano do calendário hebraico que corresponde parcialmente aos anos gregorianos de 1972 e 1973. (N. do T.)

interesse alguém assim poderia ter por um personagem lendário como Ahasverus e por sua esperança?

— Tem muito interesse, sim — disse Orobete em tom grave —, pois, como o senhor já apontou várias vezes, por mais que eu não compreendesse, ou fingisse não compreender, sua "esperança" — repare, Mestre, que eu também começo a me valer das aspas —, sua "esperança" tem relação direta com meu destino. E não apenas com o meu — acrescentou num murmúrio.

— Calma, calma — disse o velho. — Você logo voltará a ser como era. Por isso adianto a conclusão: aquele 21 de abril de 1519 marcava não só o término do período Beatífico, mas o início do Infernal, que de acordo com os cálculos dos videntes astecas duraria nove ciclos de 52 anos cada, ou seja, 468 anos. Se essa profecia se realizar, será o ano de 1987, faça a soma: 1519 mais 468; o ano de 1987 marcará o fim da época Infernal. Isso pode significar o fim do *nosso mundo*, e para mim pode significar...

— É verdade — murmurou Orobete. — Mas tudo depende da linguagem em que poderá ser compreendida, e traduzida, a profecia dos videntes astecas.

— Bravo! — exclamou o velho, apertando-lhe o braço com força. — E já que me chamou de "Mestre", posso dizer que você acabou de passar por uma prova, embora não tenha sido das mais difíceis... E agora — acrescentou, depois de uma breve pausa — eis que chegamos ao fim do túnel.

IV

De repente mergulhou numa luz tão intensa que não lhe pareceu natural. Levou a mão à testa e em seguida esfregou o rosto.

— Estou meio cansado, e morto de sede!

— Bom, como pode ver, estamos nos aproximando de duas nascentes — disse o velho, estendendo o braço e apontando para as águas que, não longe dali, jorravam entre álamos e ciprestes. — Mas preste muita atenção — acrescentou. — Não beba ao acaso nem beba demais.

Orobete avançou rápido, quase correndo, na direção do arvoredo. Ajoelhou-se à beira da primeira nascente, juntou as mãos em concha e começou a beber com avidez.

— Dayan! — ouviu um grito atrás dele. — Você fez uma boa escolha, mas beba com calma.

Orobete levantou a cabeça e disse, sorrindo:

— Isso pelo menos eu sabia, Mestre. Desde o tempo em que eu escalava os Cárpatos. Nunca se deve beber de uma nascente do lado esquerdo... Eu estava morrendo de sede! — acrescentou. — E no entanto...

Ao ver o velho a seu lado, levantou-se num salto.

— E no entanto — repetiu — bastaram alguns goles...

O velho o observava com um olhar curioso, indagador, como se esperasse que Orobete acrescentasse alguma coisa.

— Aqui temos o que estávamos procurando — disse o velho em seguida, indicando um banco oculto à sombra dos ciprestes.

Desta vez o velho não o segurou pelo braço, mas avançou sozinho. Orobete o seguiu em silêncio. Aos poucos, toda sua expressão se iluminou com um grande sorriso.

— Por que o senhor mentiu para mim, Mestre? — perguntou timidamente, depois de se sentar a seu lado no banco. — Naquele quarto com a porta entreaberta não aconteceu nada de mais: nenhum drama, nenhum crime. Era um quarto como muitos outros por onde passamos; não tinha nenhum segredo.

— Você está certíssimo — disse o velho, alegremente. — Mas eu não estava mentindo. Era apenas uma charada, o mais simples dos enigmas.

— E por que me disse que o boiardo era servido por 99 criados? Ele tinha apenas alguns servos ciganos, dois empregados da fazenda e um jardineiro vienense... Que, aliás, um belo dia foi embora, quando o boiardo empobreceu e atrasou seu pagamento por mais de um ano.

O velho o olhou como nunca antes, muito calorosamente.

— Dayan, 99 é um número místico. Não tente analisá-lo com suas ferramentas matemáticas. Eu queria introduzi-lo no jogo — acrescentou — para que você se acostumasse a entender no ato a linguagem camuflada nas palavras do dia a dia...

— A "linguagem oculta" — disse Orobete, sorrindo. — *Parlar cruz*, como diziam aqueles misteriosos *Fedeli d'Amore* provençais, italianos e franceses. Li alguma coisa a respeito deles tempos atrás, agora me lembro bem.

O velho pegou em seu braço e o fitou, desapontado.

— Você se lembra porque leu sobre eles? Só por isso? Faça um esforço, Dayan! Você vai se lembrar de muitas outras coisas que nunca leu.

Perturbado, o olhar imóvel, Orobete passou várias vezes a mão pela testa.

— Se eu me lembrasse do verbo... — murmurou em seguida. — Seria capaz de falar árabe, se eu me lembrasse do verbo...

— Deixe o árabe para lá — interrompeu o velho, sacudindo-lhe o braço. — Não vai precisar dele.

— Lembro de tantas coisas que me perco... Lembro de acontecimentos demais, de pessoas demais. Pessoas que eu teria conhecido no passado, mas...

— Faça um esforço e *esqueça* o resto — instou o velho. — Recorde apenas o essencial. Aquilo que você uma vez entendeu que era *o essencial*.

Orobete começou a esfregar de novo a testa.

— Tantas coisas me parecem *essenciais* — murmurou ele, agitado. — Tantas outras coisas...

— Esqueça tudo isso! *Esqueça*! — gritou o velho. — Não se deixe dominar pelas coisas que aconteceram com você nem pelas que aconteceram em seu tempo, senão vai se perder. A memória pode ser tão fatal quanto o esquecimento. Faça um esforço! Pense, distinga, escolha; deixe o resto de lado. Convença-se *de que não lhe interessa*, e você verá como tudo reflui para onde estava até agora: para o mesmo sono de esquecimento...

— É o que estou fazendo! É o que estou fazendo! — repetiu Orobete com uma voz fraca, estranha, como se tentasse despertar de um sonho. — Escolho, deixo de lado.

— Faça a pergunta certa — continuou o velho —, a única que interessa. Lembre-se do essencial... Naquele tempo, você correria o risco de ser queimado em praça pública, mas hoje em dia...

— Jacques de Baisieux![10] — exclamou Orobete, inflamado, voltando-se bruscamente para o velho. — E tudo o que ele escreveu em seu tratado *C'est des fiez d'Amours*...

---

[10] Poeta de língua francesa do século XIII, autor de fábulas e poemas de inspiração mística, sobre o qual Mircea Eliade escreveu mais de uma vez. (N. do T.)

— Concentre-se — insistiu o velho, ao ver que ele hesitava. — Não se deixe tentar por outras lembranças. O essencial!

— Claro — disse Orobete com voz firme —, o essencial, naquele tempo, era o significado secreto da palavra *amor*...

— Naquele tempo tanto quanto hoje — precisou o velho.

Sorrindo, Orobete pôs-se a recitar:

> "A *senefie en sa partie*
> Sans, *et* mor *senefie* mort;
> *Or l'asemblons, s'aurons* sans mort."[11]

— Claro — disse o velho —, era essa a mensagem, a revelação secreta. O "amor", o *verdadeiro* amor se confunde com a "imortalidade".

— Até agora, porém — disse Orobete, desapontado, como se seu sonho tivesse sido interrompido bruscamente —, meus únicos amores foram a poesia e a matemática.

— Talvez as duas sejam apenas facetas da inefável *Madonna Intelligenza*. Até agora, você fez a melhor das escolhas: pela Sabedoria, que é ao mesmo tempo a Mulher Eterna e a mulher que você há de amar. Portanto não se preocupe — acrescentou —, você é ainda muito jovem e tem o tempo inteiro pela frente.

Orobete sorriu com melancolia.

— Antes do acidente, me chamavam de "Príncipe encantado dos olhos molhados", um apelido inventado por uma das filhas do meu senhorio, que um dia me surpreendeu no cemitério, chorando sobre o túmulo de mamãe. Depois do acidente, passaram a me chamar de Dayan.

---

[11] Literalmente, "*A* significa *sem*, e *mor* significa *morte*; juntos, temos *sem morte*". (N. do T.)

— Os caminhos do Senhor são insondáveis — disse o velho, gravemente. — Você já devia saber disso... E, agora que você acordou por completo — acrescentou —, ouse e pergunte. Desde que você saciou a sede, algumas perguntas o perturbam.

— Antes de mais nada — começou a falar Orobete, comovido —, gostaria de saber se *é verdade*...

O velho sorriu, compreensivo, e pôs a mão em seu ombro.

— Você entenderá depois que nos despedirmos... Vamos, não tenha medo! Pergunte! — acrescentou o velho depois de alguns instantes, vendo que o silêncio se prolongava.

Como se tivesse acabado de tomar uma decisão, Orobete se levantou subitamente e o encarou.

— *Por que tenho que voltar?* — perguntou num murmúrio.

O velho não respondeu, como se esperasse o rapaz continuar.

— A bem da verdade — retomou aquele, depois de uma pausa —, devo confessar que sua pergunta me decepcionou. Sente-se aqui do meu lado — acrescentou.

Orobete obedeceu, sentando-se no banco de cabeça baixa.

— Voltar para onde, Dayan, se você ainda nem partiu? E como poderia partir sem antes virar o que você é, o mais genial dos matemáticos contemporâneos?

— Mas, nesse caso — murmurou Orobete —, a história do quarto com a porta entreaberta *poderia* se confirmar.

O velho sorriu melancolicamente, e tornou a pôr a mão em seu ombro.

— Eu poderia responder com as mesmas palavras que você usou depois de ouvir a profecia dos videntes mexicanos: tudo depende da linguagem em que entendermos, e *traduzirmos*, a história do quarto com a porta entreaberta...

Orobete ficou algum tempo pensativo, até que de repente despertou.

— É isso! — exclamou. — Eu devia ter entendido desde o começo. Mas ainda não me acostumei a pensar e a falar *sempre* em *parlar cruz*.

— Logo você vai se acostumar — interrompeu o velho —, quando reencontrar o reitor, seus professores e seus colegas. Mas agora vamos conversar mais um pouco, pois aqui ninguém nos incomoda. Falemos ainda na língua do dia a dia, essa que você estava falando em Bucareste até agora há pouco...

Durante algum tempo, os dois permaneceram calados, sem olhar um para o outro.

— Não me é dado o direito de descansar por muito tempo — retomou o velho a certa altura. — Aliás, logo depois de o sol se pôr, teremos de nos separar... Mas voltando à injustiça que você sofreu...

— Não tem mais importância — murmurou Orobete, sorrindo.

— Toda injustiça tem importância — continuou o velho. — É verdade que também foi culpa minha: eu devia ter levado em conta a maldade dos homens. No fundo, se aqueles dois colegas seus não estivessem envenenados pela inveja, ninguém teria notado nada. No outono, graças às suas vinte e cinco páginas sobre o teorema de Gödel,[12] você teria obtido o doutorado, seu estudo teria feito sensação em todo o mundo, você teria se tornado célebre e quem é que se atreveria, mesmo num país como o seu, a perguntar a um homem célebre se ele perdeu o olho esquerdo ou o direito?

— Não tem mesmo importância — repetiu Orobete.

— Você diz isso *agora* porque está entusiasmado com as

---

[12] Na realidade, trata-se de dois teoremas demonstrados pelo matemático austríaco naturalizado norte-americano Kurt Gödel (1906-1978), que revolucionaram a lógica matemática e tornaram-se conhecidos como "teoremas da incompletude" (ou "teoremas da indecidibilidade") de Gödel. (N. do T.)

coisas que lembrou e descobriu. Tudo isso lhe parece, e com razão, muito mais importante do que a crítica ao teorema de Gödel. Mas preste muita atenção, pois, como eu já disse, *agora estamos falando na língua do dia a dia*... Antes que Gödel e os outros tomem conhecimento da sua genialidade, você vai ter que convencer o reitor de que ele cometeu a maior besteira da vida...

Orobete deu uma risada que a ele próprio soou impertinente, e logo a reprimiu, embaraçado, passando a mão pelo rosto.

— Ótimo! Você acordou por completo — disse o velho. — Já recuperou o pensamento e o comportamento cotidianos. Pois então, repito, você tem que convencer o reitor...

— Não vai ser nada fácil — disse Orobete, gravemente. — Eu o conheço muito bem: não entende nada de matemática, nem mesmo uma simples equação de segundo grau. Foi nomeado reitor por razões políticas. E além de ignorante é teimoso. Quer dizer — acrescentou, com um sorriso —, ele só desistiria se recebesse ordens superiores.

— Era exatamente o que eu estava pensando — continuou o velho. — Não tenho o direito de desfazer nada do que fiz. Você vai continuar assim como é, igual ao Moshe Dayan, até o fim da vida. Mas há outras possibilidades. Por exemplo, uma ordem superior.

— Mas como — interrompeu Orobete, com um sorriso triste —, se eu não tenho protetores? Tirando meus professores, não conheço mais ninguém.

O velho olhou para o céu.

— O sol vai se pôr em breve — disse lentamente, pensativo. — Temos que apressar... Amanhã à noite, o secretário de Gödel em Princeton vai encontrar sua demonstração sobre a mesa. Precisará queimar as pestanas até bem entrada a madrugada para poder entender do que se trata, mas assim que ele conseguir, irá correndo falar com seu superior. Com isso, depois de amanhã, logo cedo, todos os grandes matemáticos e lógicos de Princeton *ficarão sabendo*. Em 24 ou, no máximo, 48 horas, eles vão procurar você pelo telefone.

— Eu não tenho telefone...

— Não vão telefonar para você, e sim para a embaixada americana e para a faculdade. Se entenderem mesmo seu trabalho, e eu acho que Gödel e mais dois ou três devem entender, vão levar um susto. E eu lhe garanto que desta vez não vai se repetir a história de Einstein e Heisenberg... Você sabe do que estou falando.

— Sei — respondeu Orobete.

— Portanto, você tem que resistir três, no máximo quatro dias...

Levantou-se subitamente e segurou nas mãos do rapaz, apertando-as longa e calorosamente.

— E agora temos que nos despedir. Mas lembre-se do que escreveu Francesco da Barberino:[13] "*sed not omnia omnibus possunt glossari*".

— "Nem tudo o que fiz" — traduziu Orobete, transportado — "pode ser explicado para todos."

— Exatamente... sabe como voltar para casa?

— Sei, Mestre — respondeu Orobete, mal conseguindo dominar a emoção. — Não é longe daqui...

---

[13] Francesco da Barberino (1264-1348) foi um poeta e tratadista moral florentino, famoso sobretudo por sua obra *Documenti d'Amore*. (N. do T.)

V

Tinha visto o carro estacionado em frente à sua casa, mas não dera maior importância. Acabara de pegar a chave e se preparava para abrir a porta, quando o policial surgiu ao lado dele e pôs a mão em seu ombro.

— Camarada Constantin Orobete — perguntou com uma voz seca, neutra —, estudante da faculdade de matemática?

— Eu mesmo. Mas...

— Faça o favor de me acompanhar — interrompeu o policial. — O camarada reitor Irinoiu está à sua espera.

Ao entrar no automóvel, inclinou-se para o motorista e ordenou, com a mesma voz seca:

— Informe que já voltou. Registre a hora exata: 18h25.

Orobete sorriu bem-humorado:

— Se o que se quer é exatidão — disse —, um cronômetro indicaria 18 horas, 26 minutos e 18 segundos. Mas nem o senhor nem eu temos um relógio com cronômetro, pois custa uma fortuna. De resto, um cientista alemão demonstrou que, se usado ininterruptamente por 85 anos, até mesmo o melhor dos cronômetros perde uma fração de segundo. Uma fração insignificante, é verdade: 3 milionésimos de segundo...

O policial o escutou com indiferença, balançando a cabeça de vez em quando. Alguns instantes depois, tornou a dirigir-se ao motorista:

— Deixe-nos no portão principal, mas espere no mesmo lugar de onde partimos.

Saltou com agilidade e esperou Orobete descer para segurá-lo pelo braço. O jovem sorriu de novo, com um ar mais bem-humorado ainda, mas sem dizer nada. O porteiro sem dúvida fora avisado, pois os recebeu no final do corredor e, com pressa e certa solenidade, conduziu-os até o elevador. Entrou depois deles, apertou o botão e, quando o elevador parou, saiu primeiro e, sempre apressado, dirigiu-se ao gabinete do reitor. O policial bateu duas vezes na porta e depois a abriu com um gesto largo.

— Constantin Orobete! — exclamou Irinoiu, levantando-se atrás de sua mesa. — Que é que você me aprontou, Orobete?

O jovem fez um polido aceno com a cabeça e em seguida a ergueu, perguntando:

— Que foi que eu fiz, senhor reitor?

— Por onde você andou?

— O senhor me proibiu de voltar à faculdade se não fosse de acordo com a descrição do atestado médico. Hoje não ousei me apresentar conforme o exigido, embora devesse apresentar um trabalho no seminário de cálculo diferencial. Fui caminhar no Cotroceni,[14] ao acaso, na esperança de reencontrar o homem que me meteu nessa enrascada. E dei sorte. Em menos de uma hora, o encontrei. Passeamos e conversamos um bocado. Quer dizer, na verdade, eu mais ouvi o que ele falou. Coisas muito interessantes, principalmente para mim. Depois, por volta das 17h30, nos despedimos, e eu voltei para casa, onde cheguei às 18h25, como bem pode confirmar o camarada policial.

Irinoiu o ouviu franzindo a testa e esfregando as mãos de quando em quando.

---

[14] Bairro residencial e arborizado de Bucareste. Pronuncia-se "Cotrotchêni". (N. do T.)

— Você sumiu! — silvou entre dentes. — E não contente com isso, você também...

Ao esbarrar com o olhar do policial, ordenou-lhe:

— O senhor pode esperar no corredor. Agora há pouco me telefonou o camarada inspetor. Está para chegar a qualquer momento.

Depois que a porta se fechou atrás do policial, Irinoiu voltou a se sentar atrás da mesa, com ar exausto.

— Não esperava tamanha ingratidão — disse ele, sem olhar diretamente para o outro. — Por nós, que tanto fizemos por você, que o educamos, poderia até dizer, como seus próprios pais! Por mim, que tanto me orgulhava de você, sempre exaltando seu gênio matemático...

— Mas o que eu fiz de errado, senhor reitor? — tornou a perguntar o jovem, agora com gravidade. — Apenas dei um passeio de cinco horas pelas ruas...

— Mentira! — gritou Irinoiu, dando um murro na mesa. — Você sumiu de casa na quarta-feira à noite. Assim que fomos informados, mandei dois policiais a seu domicílio.

— Como assim? Pois se agora mesmo estamos na noite de quarta-feira. E ainda nem anoiteceu por completo...

O reitor o observou com um misto de curiosidade e temor.

— Ou você é amnésico, ou está zombando de mim. Sente-se!

Orobete obedeceu, sentando-se numa das cadeiras que havia diante da mesa.

— Você esteve desaparecido por três dias e três noites — disse Irinoiu em tom solene. — Hoje é sábado, 19 de maio. Olhe aqui o calendário.

O jovem passou a palma direita pela testa, repetidas vezes, e em seguida sua expressão se iluminou com um sorriso tímido e misterioso.

— Portanto — sussurrou, como se estivesse falando consigo mesmo —, *quatro* dias e quatro noites... E eu certo de que mal se passaram 5 horas. Sabia *a hora* exata, mas não *o dia*. Estava vivendo no primeiro microciclo, mas não no segundo. É verdade, o tempo pode se contrair e dilatar. Mas é estranho eu não sentir cansaço, nem sono, nem fome. E é também estranho — acrescentou, acariciando o queixo — minha barba não ter crescido em três dias...

Nesse instante, a porta se abriu e entrou um homem de meia-idade, com seus poucos cabelos atravessando-lhe a calva, empastados, vestindo roupa de primavera, porém discreta, quase sóbria. Irinoiu se levantou num pulo para recebê-lo, apertando-lhe a mão demoradamente. Orobete também se levantou e se inclinou com polidez.

— Constantin Orobete — disse o recém-chegado.

— O camarada inspetor Albini — explicou Irinoiu — fez questão de conhecê-lo pessoalmente antes de decidir se é o caso...

— Quer dizer que você é o tal personagem misterioso — interrompeu-o Albini, aproximando-se de Orobete e estendendo-lhe a mão. — O personagem misterioso que estamos procurando há três dias e três noites. Sente-se, por favor — acrescentou, ocupando ele próprio a outra cadeira diante da mesa. — Eu sei que o camarada reitor não fuma, mas talvez você...

— Não, obrigado, eu também não fumo — disse Orobete.

— Tenho verdadeira loucura por cigarros ingleses — continuou Albini, tirando uma cigarreira. — Soube pelo camarada professor Dorobantu que você é um gênio da matemática, e o país tem grande necessidade de cientistas como você. Mas por ora, esta noite, gostaria de saber mais sobre seus encontros com o Judeu Errante. O camarada reitor me contou como esse personagem trocou sua venda de um olho para o outro — acrescentou com um sorriso —, e também gostaria de saber por onde você andou ou onde você se escondeu durante três dias e três noites.

— Orobete acha que se ausentou de casa por pouco menos de cinco horas — notou Irinoiu.

Albini olhou para um e outro, alternadamente, como duvidando do que acabava de ouvir.

— O quê? Como assim?

— Tive a impressão de que estávamos sempre na noite daquele dia em que parti desesperado pelas ruas e reencontrei o velho que tinha trocado minha venda. Ou seja, tive a impressão de que estávamos na noite de quarta-feira. Mas reconheço que me enganei... E no entanto — retomou depois de uma pausa, sorrindo de novo —, como eu ia dizendo ao senhor reitor, não sinto cansaço nem tenho uma barba de três dias...

Albini o fitou com curiosidade, girando absorto a cigarreira entre os dedos.

— Não tentarei lhes contar o que me aconteceu — continuou Orobete —, pois vão achar tudo absurdo, totalmente inverossímil, e não vão acreditar em mim. Aceitemos a premissa de que passei por uma experiência estranha, paranormal, digamos "extática", que para mim foi decisiva, pois me revelou a possibilidade da equação absoluta. Se conseguirmos decifrá-la, e não me refiro apenas a mim, mas a todos os matemáticos do mundo, se conseguirmos resolver essa última equação, *tudo será possível*! Aliás, a solução foi prevista pelo próprio Einstein, e pelo jeito...

— Desculpe interromper — disse Albini, erguendo repentinamente o braço. — Mas antes de chegarmos a essa última equação, como você diz, queria que nos contasse o que aconteceu no início da tarde de quarta-feira, depois que você se encontrou com, vamos chamá-lo assim, Ahasverus... E achei graça no seu embaraço — acrescentou com outro tom de voz — quando, sem saber como se dirigir a ele, gritou várias vezes: "Senhor israelita!... Senhor Judeu Errante!".

Orobete ficou branco e perguntou, inquieto:

— Como é que o senhor sabe disso?

Albini soltou um risote, mas logo recobrou a gravidade e, antes de responder, abriu a cigarreira e escolheu um cigarro com pachorra.

— Nós também temos os nossos segredos — disse —, como Ahasverus, como você mesmo... Mas, aqui entre nós, posso lhe dizer como fiquei sabendo disso: uma pessoa ouviu seu chamado, uma pessoa que colabora conosco, e ficou intrigada, principalmente porque acabara de ver o homem que você interpelava, acabara de ver o velho Ahasverus. Por isso resolveu seguir vocês...

— Sendo assim, se fui seguido, nem preciso contar o que aconteceu — replicou Orobete.

— Muito pelo contrário, é imprescindível que o faça — devolveu Albini. — Logo você vai entender por quê. Agora prossiga, por favor.

Orobete fitou o reitor com um olhar interrogativo, encolheu os ombros e sorriu:

— O velho então me disse: "Vamos procurar um lugar tranquilo, onde possamos conversar sem que ninguém nos perturbe". Sabe? — acrescentou dirigindo-se a Irinoiu. — Eu lhe expliquei que, se não me apresentasse com a venda sobre o olho direito...

— Já sei — interrompeu-o Albini com impaciência.

— Aí ele parou na frente de um velho casarão, como das famílias ricas de antigamente, pegou na minha mão e me puxou para dentro. A casa estava vazia. Entramos numa espécie de salão, enorme e... É inútil eu tentar descrever esse lugar, pois mal me lembro de como ele era e como foi que entrei na casa vizinha e nas outras que se seguiram. Na verdade, tinha a impressão de passar diretamente de um prédio ao outro; às vezes atravessando um jardim para entrar em outra casa, ou num palácio com imensas galerias, com salões infindáveis...

Calou-se, confuso, puxou um lenço do bolso e enxugou a testa.

— Pois eu vou lhe contar o que *realmente* aconteceu — disse Albini depois de acender seu cigarro. — Vocês entraram pelos fundos do número 3 da rua Ienachita Vacarescu, no prédio outrora conhecido como Casa do Aduaneiro. Fazia já algum tempo que tinha sido evacuado, e na manhã de quinta-feira, pouco depois de sua visita, começou a ser demolido. Cerca de dez minutos depois de entrar lá com o velho, você saiu sozinho pela porta da frente, coisa aliás inexplicável, pois estava bloqueada por dentro com uma barra de ferro... Você saiu e subiu a rua, para os lados do monumento. Logo foi abordado por uma velha, com quem entabulou diálogo. Os dois caminharam lado a lado por algum tempo; quando chegaram junto ao monumento, você se deteve e tirou do bolso um livrinho russo.

— Púchkin! Os contos de Púchkin — murmurou Orobete, com um sorriso melancólico.

— Exato. Você se pôs a folhear o tal livro, como se procurasse uma determinada passagem. Nesse meio-tempo, sem você perceber, a velha se afastou e desapareceu. Quando ergueu a vista, você se deparou com um operário de macacão, que estava ali do seu lado, observando-o com curiosidade. Você lhe fez uma pergunta, que ignoramos como ele respondeu, embora saibamos, sim, que você a escutou com grande interesse, sempre sorrindo.

Albini virou-se para o reitor.

— A propósito, ainda não conseguimos localizar esse elemento, mas logo o encontraremos, e também a velha... Mas claro — dirigindo-se de novo a Orobete —, o que nos interessa por ora é saber de você quem eram essas duas pessoas, com quem você aparentemente se encontrou por acaso, mas com quem manteve uma conversa animada.

— Para dizer a verdade... — retomou Orobete com uma voz diferente, grave, que não parecia a dele — para dizer a verdade, não me lembro dessa senhora, nem de nenhum operário. Sempre tive a impressão de estar ao lado do velho. Na verdade, quase o tempo todo ele me segurou pela mão ou pelo braço, puxando-me para onde ele ia e falando comigo sem parar. Eu mal conseguia lhe fazer uma pergunta que fosse... E agora lamento não ter tido tempo de perguntar o essencial, ou quem sabe ele é que não tenha permitido fazer a pergunta: o que foi que Einstein disse antes de morrer? Mais precisamente, por que esse segredo é guardado a sete chaves? E mais: como Heisenberg sabia o que Einstein disse no leito de morte? Pois é fato que Heisenberg *sabia* o que Einstein disse, e até lhe deu uma resposta, que também é mantida em segredo...

Albini trocou olhares com o reitor e tornou a erguer o braço.

— Deixemos essa questão para mais tarde — disse ele. — Mas já que você não se lembra da velha nem do operário, vou lhe dizer o que aconteceu em seguida. Vocês dois, você e o operário, se dirigiram à parada de bonde, conversando animadamente. Você pelo visto decidiu esperar o bonde, ao passo que o operário atravessou a rua e se perdeu na multidão. Só que você não subiu no primeiro bonde, nem no segundo. Como se estivesse esperando alguém. De fato, o terceiro carro trouxe o seu velho Ahasverus, *Le Juif Errant*, e juntos vocês seguiram a pé até o cemitério judeu.

— Impossível! — exclamou Orobete. — Juro que nunca estive no cemitério judeu. Nem mesmo sei onde fica...

— Talvez você se lembre mais tarde — interrompeu-o Albini. — O fato é que o velho o tomou pelo braço, falando sem parar, e você o ouvia fascinado, sem dizer uma só palavra. Vocês entraram no cemitério e se dirigiram à capela. Os dois entraram nela, mas o jovem que os seguira até então ficou do lado de fora, onde os esperou até as sete da noite. Quando ele resolveu entrar para ver o que estava acontecendo, a porta da capela estava trancada. Então ele deu um telefonema, e meia hora depois a equipe do departamento especial veio destrancar a porta. Estava escuro. Procuraram vocês por toda parte, mas só acharam seu volume de contos de Púchkin. Nesse meio-tempo, o secretário da Congregação Israelita veio falar conosco e nos confirmou o que já sabíamos, que na capela não havia nenhuma cripta nem passagem secreta. Deixamos a equipe do departamento especial de vigia a noite inteira. Na quinta-feira de manhã veio uma equipe com detectores de ultra-som para rastrear as paredes, o chão, as janelas, enfim, tudo o que podia ser rastreado. Com a permissão da Congregação, a capela e o cemitério ficaram sob vigilância. Isso até uma hora atrás, quando nos telefonaram avisando que você tinha voltado para casa.

Calou-se, apagou o cigarro e encarou Orobete.

— Agora você entende por que estamos tão curiosos em saber o que houve. Por onde vocês saíram?

Orobete o ouvira com atenção, sorrindo absorto. Como se despertasse subitamente, endireitou os ombros e começou a falar com uma voz firme, grave, que por vezes parecia vir de longe:

— Dou minha palavra de honra de que não entrei na capela, ao menos que eu me lembre. Do que me lembro muito bem, sim, é de que, num dado momento, obcecado por esse enigma, pelo segredo em torno das últimas palavras de Einstein e da resposta de Heisenberg, e pelo modo misterioso como ele, Heisenberg, descobriu o que Einstein tinha dito no leito de morte, obcecado por esse enigma, deixei de ouvir o que o velho dizia. Ele mesmo me fez despertar, apertando meu braço: "Dayan", disse, "pare de pensar na última equação, que você vai descobri-la por conta própria, sem a minha ajuda...".

— O que você quer dizer com "última equação"? — perguntou Albini.

Orobete sorriu transportado, feliz. Já não tentava mais esconder sua satisfação.

— Se minha intuição está correta, ambos, Einstein e Heisenberg, descobriram a equação que nos permitiria integrar o sistema matéria-energia ao conjunto espaço-tempo. Essa é a última equação, já que depois dela não se poderia mais avançar. No máximo, infelizmente, regressar...

— Como assim? — perguntou Albini.

— Se minha intuição estiver correta — continuou Orobete, entusiasmado —, e acredito que deva estar, porque o Mestre Ahasverus me garantiu que vou decifrar o enigma, os dois compreenderam que o tempo pode ser comprimido *nos dois sentidos*, isto é: para a frente, para o futuro, e para trás, para o passado.

— E daí? — tornou a intervir Albini.

— Daí que *tudo é possível*, e o homem, para sua própria desgraça, *pode substituir* a Deus. Acho bem provável que por isso mesmo se guarde o segredo com tanto rigor. Os dois cientistas devem ter dito: "Cuidado, não brinquem com fogo! Vocês não apenas podem reduzir o planeta a cinzas em poucos segundos como podem se lançar centenas de milhares de anos, ou até milhões, para trás, até os primórdios da vida na Terra. Tratem de selecionar um grupo de elite, não só de matemáticos e físicos, mas também de poetas e místicos, que saibam conduzir o processo de anamnese, ou seja, de reconstruir a civilização, se é que vale a pena".

Albini virou-se para o reitor e o interrogou com os olhos.

— No fundo — perguntou, depois de olhar para o relógio —, quem é esse tal de Ahasverus?

Orobete sorriu de novo, satisfeito.

— Só agora que o senhor me perguntou acho que começo a entender quem é Ahasverus. E isso graças a ele mesmo, que me mostrou como pensar corretamente, que me ensinou a primeiro encontrar a pergunta certa e só depois procurar a resposta. De certo modo, para usar uma metáfora que vários pensadores equivocadamente consideraram um conceito filosófico, Ahasverus é uma espécie de *anima mundi*, de Espírito do Mundo, porém muito mais simples e profundo. Na verdade, Ahasverus pode ser qualquer um de nós.

Posso ser eu, pode ser um dos meus colegas, pode ser o senhor ou o seu tio, o coronel Petroiu, que se suicidou em Galati,[15] mas com tanta maestria que ninguém duvidou de que foi um acidente...

Albini estremeceu, com um ricto nos lábios.

— Desculpe se tomei a liberdade de comentar um segredo de família. Um segredo, aliás, do qual só o senhor tomou conhecimento, faz alguns anos, ao ler a correspondência do seu tio.

De repente se calou, com ar exausto, esfregando o rosto.

— Como podem ver — balbuciou —, vou me reintegrando ao tempo fisiológico. Já sinto a barba de quatro dias e um grande cansaço. Se me permitem, gostaria de me retirar. Estou com fome, e muito, muito sono.

Albini se levantou e disse:

— Está tudo pronto. Sabia que ninguém consegue resistir por mais de três dias. O carro está à nossa espera — acrescentou, depois de olhar para o reitor. — Essa noite você vai dormir numa clínica psiquiátrica...

---

[15] Cidade portuária romena às margens do Danúbio. Pronuncia-se "Galatz". (N. do T.)

VI

A primeira coisa que viu ao acordar, foi uma janela retangular no alto da parede à sua frente, com poucos palmos de altura e quase dois metros de largura. E a primeira coisa que ouviu, pela porta entreaberta, foi uma voz conhecida.

— Mas doutor — exclamou Dorobantu —, isso é uma verdadeira tragédia! Se ele enlouquecer, será a repetição da tragédia de Mihai Eminescu.[16] Trata-se do matemático mais genial já nascido no seio do povo romeno! Não sou só eu quem diz isso, mas todos os nossos grandes matemáticos! Ele derrubou o teorema de Gödel!

Com um sorriso débil, Orobete fitava a fresta da porta, como que fascinado. Podia ouvir a voz do doutor Vladut:

— É um caso bem difícil. Ainda não conseguimos apurar o que *realmente* aconteceu. Já ouvimos três vezes, junto com o diretor, as fitas gravadas à nossa disposição. E devo reconhecer que, até agora, não entendi grande coisa... Não me refiro às fórmulas e aos cálculos matemáticos, que estão além da nossa competência — acrescentou depois de uma breve pausa. — Refiro-me às coisas que ele disse depois das primeiras injeções. Tudo indica, a meu ver, que se trata de uma síndrome clássica de esquizofrenia, tal como relatei logo no início ao camarada inspetor. Mas agora não tenho tanta certeza... E acho que foi um erro não terem chamado o senhor

[16] Mihai Eminescu (1850-1889), poeta nacional da Romênia que morreu louco. (N. do T.)

antes. O doente repetiu seu nome várias vezes, não só quando se referia à tese de licenciatura, ou de doutoramento, não se entende muito bem de que tese se trata, mas também sempre que mencionava Gödel: "E agora, camarada professor Dorobantu, o senhor está convencido?", perguntava ele, sempre sorrindo, por momentos até gargalhando.

— Mas por que deixaram a porta entreaberta? — perguntou Dorobantu, baixando a voz. — Será que não...

— É o regulamento — interrompeu-o o doutor. — A porta *tem* que ficar entreaberta sempre que o paciente estiver sozinho...

— Mas será que ele não está nos ouvindo?

— Impossível. Acabo de examiná-lo, não faz mais do que cinco ou seis minutos. Está dormindo profundamente. Tão profundamente, que podemos dizer que se encontra em estado cataléptico. Sua respiração é quase imperceptível, e o pulso... bem — acrescentou, depois de uma breve hesitação —, o pulso está no limite. No mais... não reagiu nem à aplicação de fogo nas zonas sensíveis... Desde hoje de manhã, não falou mais, ao contrário do que vinha fazendo depois de tomar as injeções. Uma das enfermeiras ficou o tempo todo ao lado dele, e agora há pouco ouvi a fita gravada: nem uma palavra sequer...

— Não há mesmo nenhum risco? — sussurrou Dorobantu.

— Não mais do que no dia de sua internação. Mas é a primeira vez que ele não fala mais nada depois das injeções.

Orobete tapou a boca com a mão direita para reprimir uma gargalhada. Em seguida respirou fundo, levantou a cabeça e gritou com voz límpida e forte:

— Professor Dorobantu! Estava esperando pelo senhor. Por que não entra?

No mesmo instante, os dois homens irromperam no quarto, espantados.

— Dayan! — exclamou Dorobantu, comovido — Dayan!

— repetiu com a voz embargada, como se estivesse a ponto de rebentar em lágrimas.

O doutor se precipitou até a cama e tomou o punho direito do rapaz para medir seu pulso.

— Desde quando estou aqui? — perguntou Orobete. — Já se passaram três dias?

Dorobantu não soube o que responder, limitando-se a olhar desesperado para o doutor.

— Já se passou muito mais — respondeu o médico, correndo para a porta e saindo. Os dois puderam ouvir seus passos desabalados corredor afora.

— Agora é tarde, então — disse Orobete, com um sorriso triste nos lábios. — Tarde demais...

Dorobantu o observava angustiado, assombrado, esfregando as mãos.

— Que é que você fez, Dayan?! — exclamou. — Que é que você fez?!...

— Que é que eu fiz, professor? — perguntou Orobete, sem deixar de sorrir.

— Os americanos foram informados, os soviéticos foram informados, os alemães foram informados — prorrompeu Dorobantu. — Todo o mundo, menos nós. Para *nós* você não disse nada! Mas como conseguiu fazer isso? Como você os informou?

Orobete passou a mão pela testa, sorrindo em devaneio.

— Não fui eu quem os informou — respondeu calmo, pausadamente. — Foi o Mestre Ahasverus, tal como ele me prometeu. Mas, se já se passaram mais de três dias, é tarde demais. *Les jeux sont faits!*[17]

Dorobantu se aproximou mais um pouco da cama, sempre esfregando as mãos trêmulas.

---

[17] Em francês no original: expressão própria dos cassinos, equivalente ao português "jogo feito, nada mais", com que o crupiê anuncia que não se podem fazer novas apostas nem alterar as já feitas. (N. do T.)

— Como assim? O que uma coisa tem a ver com a outra?

Orobete o fitou com um olhar intenso e afetuoso, sem deixar de sorrir:

— É uma longa história, e mesmo que a relatasse do princípio ao fim, o senhor não iria acreditar. Mas vou lhe contar pelo menos o início... Se o faço, é porque o senhor sempre confiou em mim.

— Nós todos sempre confiamos em você — replicou Dorobantu. — Desde que você me mostrou seu trabalho e o encaminhei ao Centro e logo depois à Academia de Ciências, todo o mundo exclamou: "Constantin Orobete é um gênio!". E eu respondi: "Que Deus lhe dê saúde para ainda resolver os outros problemas que comentou comigo, mas sem dar maiores detalhes". E repeti o que você me disse na ocasião: "Não lhe explico do que se trata, professor, porque ainda não os resolvi".

Orobete guardou silêncio, fitando-o mais intensamente.

— Mas sare logo, Dayan! — exclamou Dorobantu, esfregando os olhos para disfarçar as lágrimas. — Não enlouqueça como Eminescu! Não estrague seu gênio, para que amanhã possamos nos orgulhar dele perante o mundo!

Orobete estendeu o braço e tomou a mão do professor.

— Obrigado, professor, sou muito grato ao senhor... Mas se não enlouqueci até agora, não vou enlouquecer mais... Vou lhe contar como tudo começou — retomou o rapaz, depois de uma pausa. — Foi na manhã de 16 de maio. E tudo por causa de uma tempestade.

Dorobantu olhou em volta, aflito, tirou um lenço e enxugou os olhos.

— Não fosse a tempestade — continuou Orobete, com o mesmo sorriso triste —, tudo seria diferente... Como o senhor sabe, o reitor não gosta de tempestade, tem horror de trovões, e mais ainda de relâmpagos. E naquela manhã relampejou muito, e bem perto. Acho até que o último raio caiu a poucos metros da faculdade.

— Não estou entendendo — perguntou Dorobantu, inquieto. — O que uma coisa tem a ver com a outra?

— Se o senhor me escutar por mais cinco ou seis minutos, vai entender o que quero dizer. Como eu ia dizendo tudo começou por causa da tempestade. E o senhor reitor se desconcentrou, ficou nervoso e, no final, furioso. Por isso não acreditou no que eu lhe contei sobre o velho que trocou minha venda para tapar o olho esquerdo, e achou que era tudo invenção minha. Mas como eu poderia inventar uma coisa dessas? — completou, com um sorriso amargo.

Ao notar a presença dos doutores Petrescu e Vladut e ver que o escutavam com grande interesse, Orobete se dirigiu a eles:

— Permitam-me continuar, pois gostaria de explicar ao camarada professor como tudo aconteceu; para ser mais exato, como começou, com a tempestade da manhã de 16 de maio...

— Continue, por favor — animou-o Vladut. — Talvez agora possamos entender por que você sempre voltava ao assunto dos raios que caíam perto da faculdade.

— Quer dizer, então, que também falei disso durante o sono — disse Orobete, olhando-o com ironia. — Claro que não se tratava de qualquer tipo de sono, mas daquele induzido pelas injeções do chamado "soro da verdade". Tanto melhor! — acrescentou, ao ver que os dois médicos baixavam a cabeça, constrangidos. — Não podem mais pensar que eu estava mentindo.

— Mas o que é que têm a ver os raios e a tempestade — interveio Dorobantu —, o que eles têm a ver com a equação que primeiro chegou ao conhecimento de Princeton e só alguns dias depois ao resto do mundo?

Orobete parecia cada vez mais satisfeito. Em seguida, ao ver entrar uma enfermeira, cumprimentou-a com um sorriso e com um aceno.

— Parabéns, camarada Economu. Parabéns e obrigado.

A senhora aplica o fogo com destreza e precisão inigualáveis!

Ao ver que Dorobantu olhava desconcertado para os dois médicos, Orobete retomou seu relato, com a mesma serenidade:

— A relação é mais simples do que parece. Não fosse a tempestade, o senhor Decano não estaria tão tenso e teria sido mais compreensivo. Não teria me ameaçado de expulsão justo agora, às vésperas da minha defesa, se eu não voltasse com a venda sobre o olho direito...

Dorobantu tornou a passar o lenço pela testa, embaraçado.

— Você sempre falou da venda sobre o olho direito — disse o doutor Petrescu. — Mas não entendi muito bem do que se tratava. Eu sei, claro, que muitos de seus colegas e amigos, inclusive alguns professores, chamam você de Dayan.

— Eu mesmo sempre o chamei assim — confessou Dorobantu, sorrindo sem jeito.

— Pois vou lhes contar o que aconteceu — retomou Orobete.

Então repetiu em detalhes, com aparente prazer, o relato que fizera ao reitor. De quando em quando se interrompia para comentar:

— Aí relampejou e se ouviu mais um trovão...

Albini ficara escutando junto à porta entreaberta. Quando Orobete repetiu a ameaça do reitor, "Se amanhã você não se apresentar exatamente como consta no atestado médico, vou encaminhar um relatório a respeito", Albini entrou e, aproximando-se da cama, lhe apertou a mão.

— Parabéns, camarada Orobete! Você se recuperou mais rápido do que se esperava, e sua memória continua prodigiosa... Mas aproveitando que você estava falando de Ahasverus e como ele trocou a venda, e tudo o mais, devo esclarecer que há uma confusão nesse ponto. Evidente que o camarada reitor Irinoiu não tinha como saber disso — continuou, sentando-se numa das cadeiras e abrindo sem pressa sua pasta. — Não tinha como saber que se tratava de um equívoco. Consultei seu prontuário no departamento de cirurgia do hospital Coltea, conversei com o professor docente doutor Vasile Naum, que o operou, e apurei a verdade. Aqui está — acrescentou, tirando uma folha branca e estendendo-a para o rapaz —, aqui está o *original* do atestado emitido em 11 de setembro de 1963 pelo Departamento de Cirurgia. Leia — instou-o. — Está escrito claramente que você foi operado do *olho esquerdo*, e que, portanto, o olho direito era, quer dizer, foi desde o início e continuou a ser até o presente o olho bom. O equívoco se deve à secretária de serviço, que cometeu um erro ao copiar o texto original redigido pelo doutor Naum. O camarada reitor não tinha como saber desse equívoco. Agora que eu lhe mostrei o original, ele se convenceu e, por certo, lamenta a ameaça de expulsão e tudo o mais. Portanto, a questão do olho está totalmente esclarecida. Não há por que voltar a ela...

Orobete o escutou compenetrado, leu o certificado e disse, sorrindo:

— Sei bem que não existe problema sem solução. Sei também que a solução mais "criativa" é a do tipo górdio; conhecimento górdio, foi como um pensador romano chamou isso. Sabem do que estou falando — dirigiu-se aos outros —, do nó de Górdio, rei da Frígia. Era tão bem feito que durante séculos ninguém conseguiu desfazê-lo. Espalhou-se o rumor de que quem conseguisse se tornaria o senhor da Ásia. Quando Alexandre da Macedônia entrou em Gordium e soube do oráculo, desembainhou a espada e cortou o nó. E como sabemos por qualquer livro de história, Alexandre conquistou toda a Ásia.

Albini riu discretamente e devolveu o atestado à pasta, com cuidado, antes de dizer:

— Gostei dessa expressão "conhecimento górdio". Vou

passar a usá-la. Mas — acrescentou, recuperando de repente a expressão grave — se o mistério da venda está esclarecido e Ahasverus volta a ser o que foi, isto é, uma fantasmagoria, uma ilusão do seu próprio espírito, restam por resolver outros problemas essenciais. O primeiro deles, embora não seja o mais importante: onde você andou depois de entrar na capela do cemitério judeu? Onde você ficou escondido por três dias e três noites?

Orobete o olhou franzindo a testa, como se custasse a entender a pergunta, mas logo um grande sorriso iluminou seu rosto.

— Já lhe dei a mais clara das respostas no gabinete do senhor reitor. O senhor não deve ter acreditado, e com razão, porque a história parece inverossímil. Mas faz dias e dias que me injetam o soro da verdade... e tudo o que eu disse foi gravado. Se o senhor escutou as fitas, sabe que não menti, que não escondi nada...

— Escutei todas elas, repetidas vezes — interrompeu-o Albini. — Mas, além de fantasmagorias e citações em várias línguas, não há mais que especulações e fórmulas matemáticas que são, em sua maioria, por ora ininteligíveis.

— Só um matemático poderia entendê-las — interveio Dorobantu, timidamente.

— Recorri aos mais renomados matemáticos da capital — disse Albini, sem se dirigir a Dorobantu. — E justamente com relação às tais fórmulas matemáticas — continuou ele, com voz grave — temos outro problema a resolver, muito mais importante...

Calou-se, olhou para os médicos e perguntou:

— Será que não o estamos cansando demais?

Orobete passou a palma da mão pela testa e, depois de uma breve hesitação, murmurou:

— Agora que o senhor disse, confesso que começo a sentir cansaço...

Albini se levandou, estendeu-lhe a mão e disse:

— Repouso, o máximo de repouso. E sono! Voltaremos a falar do assunto mais tarde. Temos tempo.

— Mas, por favor, deixe a porta entreaberta — acrescentou Orobete. — Quero saber se estou traduzindo certo ou se estou me deixando levar por ilusões e falsas esperanças.

VII

Ao perceber que todos exceto a enfermeira haviam saído do quarto, o rapaz abriu o olho e lhe perguntou:

— Que dia é hoje, camarada Antohi?

A enfermeira olhou para ele sem jeito, corando.

— Receio que não possa responder. Devo perguntar ao doutor — acrescentou ela, dirigindo-se à porta.

— Não! Espere! Não me fiz entender — exclamou Orobete, erguendo um braço para detê-la. — Não estou perguntando a data exata. Só queria saber se estamos *antes* ou *depois* do solstício de verão, de Sânziene.

A moça hesitou um pouco e por fim murmurou:

— Antes... Mas, por favor, não comente nada com o doutor.

Orobete abriu um sorriso enigmático.

— Não se preocupe. Mas — acrescentou em seguida — como é que, já em pleno verão, nunca vejo o sol?

A enfermeira o olhou com curiosidade, como se não entendesse o que ele queria dizer.

— Como não vê? Este é um dos quartos mais bem-iluminados, se não *o mais bem-iluminado*. A luz do sol entra aqui das 5 da manhã até o anoitecer.

— Não — tornou a interrompê-la Orobete. — Não me referia à luz, à luz do verão. Eu me perguntava como é que nunca se vê *o sol*, o astro propriamente dito.

A moça tranquilizou-se subitamente e deu um sorriso.

— Ah — exclamou a moça, abrindo um sorriso de alívio

—, entendi o que quer dizer! Esta parte do pavilhão é construída de maneira a sempre receber luz, sem que os raios do sol perturbem o paciente, ferindo-lhe os olhos. Caso contrário, teríamos que fechar as cortinas. Mas, como pode observar, não há cortinas. Não precisamos delas. A persiana se fecha automaticamente quando anoitece...

— Entendo — disse Orobete, balançando a cabeça. — E quando vir o professor Pavel Bogatyrov, diga a ele que não precisa ficar no corredor segurando seu microfone especial. Por mais que o aparelho seja capaz de gravar conversas a duzentos, trezentos metros, é melhor ele vir aqui para conversarmos. Diga-lhe que entendo muito bem o russo, embora não fale direito. Mas o camarada acadêmico Bogatyrov sabe tantas línguas...

A enfermeira se espantou e sorriu forçado.

— Não entendo o que quer dizer — murmurou ela, dirigindo-se para a porta.

— Relate aos seus superiores — acrescentou Orobete. — Eles vão entender.

Quando a enfermeira saiu, deixando a porta entreaberta, Orobete tapou a boca com as duas mãos para abafar o riso. Logo em seguida entrou o doutor Vladut e se aproximou da cama com expressão séria.

— A enfermeira acaba de me dizer que você falou de não sei quem que o estaria ouvindo atrás da porta...

— Sim, o camarada professor Pavel Bogatyrov, da Academia de Ciências de Moscou.

— Posso lhe garantir que nunca ouvi falar dele e que não há ninguém escutando atrás da porta. Quando mais não seja, porque é terminantemente proibido aos visitantes permanecerem no corredor.

Orobete encolheu os ombros e o encarou sorridente.

— Sem saber que dia é hoje — disse ele —, não tenho como saber se o professor Pavel Bogatyrov *está* ou já *esteve* aqui, ou se *vai estar* num futuro mais ou menos distante. Tendo em vista que sou obrigado, ou melhor, fui obrigado pelos senhores, a viver num *tempo pessoal*, sem controle do calendário, não posso distinguir o passado do futuro...

— Isso é perfeitamente normal no seu caso. Mas eu lhe garanto que...

— Não duvido do senhor — interrompeu-o Orobete, tranquilo. — Se o camarada Bogatyrov não está no corredor nem esteve até agora, sem dúvida ele estará nos próximos dias. Mas, dentro da margem de verdade que lhe permitem usar comigo, o senhor não negará que esta manhã o diretor desta clínica, professor doutor Manole Draghici, recebeu em sua sala o professor Lewis Dumbarton, do Instituto de Estudos Avançados de Princeton, a quem declarou ser arriscado, arriscado para mim, para meu equilíbrio mental — repetiu, sorrindo —, arriscado falar comigo, isto é, vir até aqui, até este quarto, e me perguntar acerca da minha dissertação *Quelques observations...*[18]

Vladut corou e fingiu consultar o relógio para disfarçar seu embaraço.

— Não entendo o que quer dizer. Vou relatar o caso ao professor Draghici. Espero me lembrar do nome que pronunciou e dos demais detalhes...

— Não se preocupe — disse Orobete. — Tudo foi gravado.

Quando ficou a sós, o rapaz segurou a cabeça entre as mãos e permaneceu assim, imóvel, mergulhado em seus pensamentos. Pouco depois, o doutor Vladut regressou ao quarto, acompanhado do doutor Petrescu, e os dois se aproximaram da cama, mas permaneceram junto dela em silêncio, à espera.

— Vamos, coragem! — exclamou Orobete, sem levantar a cabeça. — Perguntem! Mas antes pensem para fazer a pergunta certa — acrescentou, recuperando o bom humor.

---

[18] Em francês no original: "Algumas observações...". (N. do T.)

— Gostaríamos de saber — disse o doutor Vladut — quem o informou sobre a visita do cientista americano.

— Ninguém — respondeu Orobete sem se alterar. — Aliás, tirando os próprios participantes, isto é, o diretor, o professor Lewis Dumbarton, com seu intérprete da embaixada, e o camarada inspetor Albini, ninguém sabia dessa entrevista nem do que nela se tratou. O senhor mesmo só tomou conhecimento dela agora há pouco, quando se reportou ao diretor.

— Então como é que você ficou sabendo disso tudo?

Orobete soltou um risote amargo e encolheu os ombros.

— Escutei a conversa deles. De saída achei graça no embaraço do tradutor, que não conhecia a terminologia matemática e não sabia como traduzir certas expressões...

— Como? Você *ouviu* a conversa que eles tiveram na sala do diretor? — exclamou o doutor Petrescu. — Pelo jeito, você não sabe que o gabinete dele fica no terceiro andar, no outro extremo do pavilhão.

Orobete tornou a encolher os ombros.

— Que é que o senhor quer? A matemática moderna, assim como a física moderna, despreza as distâncias.

— Seja como for — disse o doutor —, é difícil acreditar que...

Nesse instante, uma enfermeira se aproximou do médico e cochichou a seu ouvido:

— Ele disse que vai chegar dentro de alguns minutos.

— Até que enfim! — exclamou Orobete. — Terei o prazer e a grande honra de receber a visita do eminente professor Manole Draghici sem que eu esteja dopado. Por favor, não fiquem constrangidos — acrescentou, ao ver que os médicos se entreolhavam pasmos —, pois sei que os senhores não têm culpa. O tratamento é assim mesmo. Para ser sincero, confesso que prefiro os narcóticos e o soro da verdade ao tratamento clássico da esquizofrenia, com choques elétricos e tudo o mais...

Quando o diretor entrou, acompanhado de um jovem sem o jaleco branco regulamentar, Orobete se endireitou e disse:

— Muito obrigado por vir.

Draghici se postou junto à cama e o observou demoradamente.

— Foi-me relatado — disse por fim — que você foi informado da visita de um cientista estrangeiro.

— O professor Lewis Dumbarton, do Instituto de Estudos Avançados de Princeton.

— Você poderia explicar mais uma vez como ficou sabendo disso?

Orobete encolheu os ombros mais uma vez, olhou em volta e disse:

— Ouvi os senhores conversando, na sua sala.

O diretor virou bruscamente a cabeça para os dois médicos.

— Como eu ia dizendo ao doutor Vladut — continuou Orobete —, o professor Dumbarton veio acompanhado de um intérprete da embaixada, e em sua sala, além do senhor, só se encontrava o inspetor Albini. Passo ao largo de certos detalhes pitorescos, como por exemplo a tradução canhestra da terminologia físico-matemática... Felizmente os senhores logo perceberam que se entenderiam melhor conversando direto em francês. O professor Lewis Dumbarton disse que viajara expressamente para falar comigo. O senhor então lhe explicou, com muito tato e não pouca paciência, que, tendo em vista meu estado crítico, a visita poderia ter consequências fatais. O professor não arredava pé e fazia questão de me ver. Parece que mais tarde ele lamentou ter perdido a paciência... e a certa altura ameaçar fazer um escândalo. Claro que não foi essa a palavra que ele usou, mas a mensagem foi clara: disse que ia alertar todas as academias do mundo, todas as sociedades científicas etc. etc., que ia denunciar minha internação forçada numa clínica psiquiátrica... E então, com muita diplomacia, o senhor respondeu colocando todo meu dossiê à disposição de uma comissão internacional de psiquiatras, ou seja, todas as fitas gravadas, mais a transcrição romena e sua tradução ao francês, além do meu prontuário clínico: que drogas me foram ministradas e tudo o mais. Além disso, ao se despedir, o senhor garantiu aceitar que eu fosse examinado por qualquer psiquiatra americano de notória competência. Mas, acrescentou, de modo algum por um físico ou matemático. "Mas é justamente isso que nos interessa", exclamou o professor Dumbarton, em inglês. "Entender o que ele *quis dizer*. E gostaríamos de descobrir isso *o mais breve possível*!"

— Nós também! — disse Albini, entrando no quarto e aproximando-se da cama com a mão estendida. — Fico contente de chegar bem no meio da conversa. E mais contente ainda de ver que nosso camarada Orobete volta a dar provas de sua portentosa acuidade sensorial, ou melhor, de seus poderes extrassensoriais. Nos quais eu, no entanto, não acredito — acrescentou, com um sorriso. — Mas os senhores acham correto continuarmos o debate nesta assembleia? — perguntou, dirigindo-se ao professor.

Os dois médicos e a enfermeira se encaminharam para a porta, sem dizer nada.

— Você pode aguardar no corredor — disse o diretor à enfermeira.

— E você — disse Albini ao jovem que o acompanhava — espere lá embaixo. Vamos aproveitar que o camarada Orobete está tão alerta — continuou, sentando-se numa das cadeiras defronte à cama, instando o professor a ocupar a outra. — Vamos aproveitar para esclarecermos ao menos uma questão.

— O doente alega ter ouvido tudo o que discutimos hoje pela manhã, na minha sala.

— Sei disso — interrompeu Albini. — Eu estava no corredor e cheguei a escutar seu relato. Mais tarde trataremos desse enigma. Por ora — acrescentou — consegui resolver o problema da capela do cemitério judeu.

— Que bom! — exclamou o rapaz. — Como eu lhe disse desde o início, não faço ideia...

— De fato — interrompeu-o Albini —, vocês entraram no prédio, você e o velho que o acompanhava. Prova: o volume de Púchkin encontrado sobre uma cadeira... Mas vocês não ficaram lá por muito tempo. Meia hora, no máximo.

— Como descobriu isso? — perguntou Orobete, irônico.

Albini o olhou com frieza, fez um esforço para sorrir e continuou, em tom confidencial:

— Pressionado pelo interrogatório, o agente que os seguia confessou que, num determinado momento, premido por uma urgente necessidade fisiológica, ele se afastou da capela e foi até os arbustos do jardim. Muito provavelmente, foi nesses minutos de ausência que vocês deixaram a capela. Além disso — acrescentou, observando que Orobete o escutava com atenção, mas com ar gaiato, como se estivesse a ponto de rebentar em gargalhadas —, além disso, três pessoas que moram nas proximidades recordaram ter visto vocês dois saindo do cemitério e dirigindo-se ao monumento dos Voluntários. Vocês decerto entraram numa das casas da vizinhança, logo apuraremos em qual delas, e permaneceram ali, ou os dois juntos, ou só você, durante três dias e três noites... Portanto, nada de sobrenatural. O "mistério" está desfeito.

— O conhecimento górdio! — exclamou Orobete.

— Isso mesmo. Diante de um enigma que parece envolver elementos sobrenaturais, a melhor coisa a fazer é sempre *negar* o sobrenatural e buscar a explicação mais simples, a mais *terre-à-terre*, como dizem os franceses...

— No caso em questão, uma urgente necessidade fisiológica. Com isso, todos os outros problemas se resolvem por si mesmos...

Albini lançou um olhar interrogativo para o diretor, adivinhando no seu olhar a resposta.

— Nem todos — retomou o investigador, em outro tom de voz, bem mais severo. — Ainda restam alguns enigmas. Por exemplo, gostaria de lhe perguntar o que sabe ou o que pensa sobre este documento.

Tirou uma brochura de sua pasta e a estendeu a Orobete. Quando este leu o título, corou imediatamente.

— *Quelques observations sur le théorème de Gödel,*[19] de Constantin Orobete. Quando esse trabalho foi publicado? — perguntou com a voz embargada de emoção. — E quem o imprimiu?

— É exatamente isso que eu ia lhe perguntar — replicou Albini. — Se você ler o rodapé...

— *Bulletin de l'Académie des Sciences de la République Socialiste de Roumanie* — leu Orobete, com a mesma voz emocionada — *N.S., tome XXIII, fasc. 2, mai-juin 1973*. Mil novecentos e setenta e três? — repetiu ele, espantado, olhando para Albini.

— Vejo com satisfação que você também reparou nesse, digamos, deslize. Como você bem sabe, estamos em 1970, e como talvez recorde, já que recebe o *Bulletin* regularmente, seu número mais recente saiu alguns meses atrás: tomo XX, fascículo 5...

Orobete, sorriu confuso, passando a mão pela testa.

— Só pode ser uma brincadeira — disse. — Alguém deve ter publicado meu trabalho sem me avisar, para se divertir.

Calou-se bruscamente, leu as primeiras linhas e em seguida começou a virar as páginas, trêmulo.

— Mas esta não é minha tese de doutoramento — murmurou. — Só o título é o mesmo.

---

[19] Em francês no original: "Algumas observações sobre o teorema de Gödel". (N. do T.)

— A mesma coisa nos disse o camarada Dorobantu — comentou Albini.

— E também não trata do teorema que me ocupa há tanto tempo. Posso ler para ver do que se trata?

Depois de trocar um novo olhar com Draghici, o inspetor respondeu:

— Claro! Você até nos faz um favor...

Os dois viram como ele lia com avidez e como por momentos sua expressão se iluminava com um brilho estranho. Depois das primeiras duas páginas, suas mãos começaram a tremer.

— Isso significa que eu resolvi a última equação — murmurou, sufocado de emoção. — Mas quando?... Da primeira vez que conversei com o senhor, no gabinete do reitor, eu sabia que estava prestes a resolvê-la, mas ainda não sabia *como*! E aqui está — acrescentou, levantando a brochura com a mão esquerda e mostrando-lhe, com a direita, meia página coberta de números e sinais matemáticos. — A mais simples e mais *bela*, a mais *elegante* demonstração que a mente humana pode conceber! Quem lhe deu isso? — indagou, curioso.

— Não é segredo para ninguém. Todos nossos matemáticos a receberam, mas só hoje de manhã, ou seja, muito depois de todos os grandes matemáticos do mundo inteiro.

— Deve ter sido distribuída por nosso convidado estrangeiro — grunhiu o diretor.

— É bem provável. Um indício nesse sentido é que todas chegaram em envelopes de fabricação nacional, com selos romenos. E os carimbos indicam: Bucareste, 17 de junho de 1970.

— Então ainda temos três dias — murmurou Orobete, com melancolia.

— O que você quer dizer com isso? — perguntou Albini surpreso.

— Se os envelopes foram postados ontem e demoraram

um dia para chegar, quer dizer que hoje é 18 de junho. Portanto, ainda faltam três dias para o solstício de verão, para Sânziene — continuou Orobete, com o olhar perdido no vazio. — Ou seja, exatamente doze anos depois de eu terminar a leitura de *O Judeu Errante* no celeiro comunal de Strândari... Isso foi antes do acidente. Naquele tempo eu lia muito mais rápido e melhor. Tinha os dois olhos...

Albini tornou a olhar para o diretor e disse:

— Sim, todas as cópias foram expedidas de Bucareste. Amanhã descobriremos se também chegaram aos matemáticos de Cluj, Iasi[20] e dos demais centros universitários do país. E verificaremos o local de postagem de cada envelope.

Orobete virou a página. Completamente concentrado nas fórmulas matemáticas, parecia incapaz de atentar a qualquer outra coisa.

— Cada vez mais sensacional — murmurou —, e cada vez mais difícil de entender. Os axiomas são meus, e a análise se desenvolve como eu intuí desde o princípio, tão logo notei a ambiguidade da teoria de Gödel. Mas há também tantas coisas novas...

— Que você, no entanto, já sabia — interrompeu-o Albini. — Para seu governo, saiba que só agora, com seu trabalho diante dos olhos, é que os matemáticos por mim consultados puderam entender parte de seus cálculos e especulações físico-matemáticas registradas nas gravações feitas enquanto você dormia.

— Depois das injeções de soro da verdade — precisou Orobete, sorrindo.

— Exato. O que significa que você *já sabia* de tudo o que está escrito em *Quelques observations*...

— Não seria a primeira descoberta científica realizada durante o sono — comentou Orobete.

---

[20] Principais centros universitários da Transilvânia e da Moldávia, respectivamente. (N. do T.)

— O mais interessante — interrompeu-o Albini —, e realmente estranho, é que a tese não está completa. Observe a referência bibliográfica: *Bulletin* etc. etc., pp. 325-341. E agora, olhe no final da brochura. A última página é a 337. Faltam, portanto, *quatro* páginas.

Orobete verificou a última página e ficou branco.

— É verdade — disse ele. — E não pode ser um simples erro de impressão, pois a última frase está inacabada: *Une des premières conséquences serait...*[21] O que isso significa? O que aconteceu?

Albini perscrutou o rosto do rapaz e, depois de relancear os olhos para Draghici, respondeu, abrindo um sorriso:

— Se você observar com atenção, notará que as últimas quatro páginas, ou seja, as duas últimas folhas, foram arrancadas...

Orobete passou os dedos pela costura da encadernação, absorto.

— De início pensei — continuou Albini — que se tratava de um exemplar imperfeito. Alguém, na gráfica ou em outro lugar, teria arrancado duas folhas. Mas já telefonei para todos os que hoje receberam a tese, e todos disseram a mesma coisa: as duas últimas folhas foram arrancadas.

— Por isso nosso visitante estrangeiro fazia tanta questão... — começou a dizer o diretor.

— Exato — interrompeu Albini. — Nenhum exemplar de todos os que ele consultou estava completo.

Orobete, confuso, levou a mão à testa e começou a esfregá-la.

— E agora? — perguntou ele num murmúrio, deixando a cabeça cair sobre o travesseiro.

Albini voltou a trocar olhares com o diretor e em seguida se levantou, desapontado.

---

[21] "Uma das primeiras consequências seria...", em francês no original. (N. do T.)

— Agora todos estão dizendo que ninguém sabe como a última equação poderá ser entendida ou aplicada.

Draghici se aproximou da cama e disse:

— Acho que ele não ouviu. Está dormindo...

VIII

Fazia algum tempo que ele sentia uma presença estranha no quarto e, com esforço, conseguiu acordar. Ao pé da cama, uma mulher o fitava com um olhar triste e pensativo.

— Mamãe — murmurou ele, levantando a cabeça do travesseiro —, não tenha medo, eles não vão me matar!

A mulher continuou a fitá-lo, cada vez mais intensamente, sem dizer uma palavra.

— Não fique com medo, mamãe! — repetiu ele, estendendo os braços em sua direção. — Eles não vão me matar...

Então viu que um sorriso começava a iluminar o rosto da mulher.

— Você mudou muito desde que partiu — acrescentou. — Mas continua sendo você, mamãe...

O sorriso foi aos poucos alterando a expressão da mulher. Orobete cobriu o olho com a mão direita e permaneceu em silêncio, respirando pesadamente. Depois de algum tempo, afastou bruscamente a mão e tornou a olhar. A mulher continuava imóvel ao pé da cama, fitando-o profundamente, com amor e compaixão. Compaixão: Orobete compreendeu o sentimento ao ver as lágrimas que deslizavam serenas pelo rosto da mulher.

— Não tenha medo — repetiu agitado. — Já disse que eles não vão me matar...

Tornou a esfregar a testa.

— Você mudou muito. Está parecendo Nossa Senhora. O ícone de Nossa Senhora da Igreja Branca... Ou melhor, você lembra outro ícone...

A expressão da mulher se iluminou de modo incomum, deixando transparecer suas lágrimas, cada vez mais fulgurantes. Sorria e fixava um olhar tão intenso em Orobete, que ele baixou a cabeça.

— Por que você não diz nada? — perguntou ele, num sussurro.

Ao reerguer a cabeça, estremeceu e se persignou.

— Você não é minha mãe — sussurrou. — Você é o ícone de Nossa Senhora. Como ninguém jamais a viu. Sozinha. Em pé. Imóvel... Somente as lágrimas estão vivas, somente suas lágrimas.

Aos poucos a expressão da mulher foi mudando de tal maneira que, num dado momento, Orobete levou a mão à boca, como se temesse de repente gritar pela enfermeira. A figura dela, como uma imagem santa aureolada de ouro, lembrou-lhe uma Virgem medieval que, pouco antes do Natal, ele admirara na reprodução de um álbum que seu companheiro de quarto havia comprado num sebo. Somente as lágrimas continuavam a rolar com cintilações de nácar.

— *Madonna Intelligenza*! — exclamou ele, radiante, persignando-se mais uma vez. — Exatamente como o Mestre me disse: sabedoria, amor e imortalidade... Mas as lágrimas, *Madonna*, por que essas lágrimas?

Nesse instante, a expressão da mulher começou a perder a luz e seu sorriso pareceu murchar.

— Não me reconhece mais, Príncipe encantado dos olhos molhados! — sussurrou ela docemente, avançando um passo. — E nem se passaram tantos anos assim. Quantos foram? Oito, nove?... Não me reconhece mais! Lembre-se, naquele tempo você ainda se aborrecia quando todas gritávamos do quintal: "Constantin Orobete, velho boiardo a Deus temente!". Você não gostava — disse ela, dando mais um passo.

— E também não gostava quando o chamávamos de Príncipe encantado dos olhos molhados.

— Lembrei! — exclamou Orobete, emocionado. — Irinel! Irinel Costache... Mas que é que você está fazendo aqui?

— Trabalho aqui na clínica, pertinho de você, no final do corredor. Mas faço o turno da madrugada. Pego depois da meia-noite... Príncipe encantado dos olhos molhados! — repetiu ela. — Você tinha os olhos mais lindos do mundo — acrescentou.

— Não me lembre disso, por favor! — interrompeu-a Orobete. — É o destino... Mas por que querem me matar? — perguntou ele de repente. — Não que eu tenha medo da morte. Pelo contrário. Mas ainda não disse tudo. E não tenho o direito de partir antes de dizer a eles o que nos espera.

— Todos sabemos o que nos espera! — sussurrou a mulher, enxugando as lágrimas.

— Irinel — exclamou Orobete —, diga-lhes que me soltem, ao menos por um mês ou dois, só para eu poder encontrar a pessoa certa! Diga-lhes que eu juro pelo túmulo de minha mãe que volto assim que encontrar essa pessoa. Não vai ser fácil, pois o problema não envolve apenas física e matemática, mas também imaginação, poesia, mística... não vai ser fácil — repetiu, com um súbito cansaço na voz —, mas hei de conseguir. Diga-lhes que me soltem! É muito importante. Nossa vida está em jogo. *Tudo* está em jogo...

Nesse momento, ao ver entrar o doutor Vladut, ele deixou cair a cabeça no travesseiro, exausto.

— O que ele está dizendo?

— Delírios! — sussurrou a enfermeira, sem afastar os olhos de Orobete. — O senhor vai ouvir na gravação — acrescentou, depois de passar a palma pelos olhos, discretamente. — Estava falando de Nossa Senhora e de uma menina, Irinel, por quem ele era apaixonado...

— Quanto tempo se passou desde a segunda injeção?

— Nem cinco minutos.

Orobete sorriu, irradiando felicidade. Por um momento, sentiu-se tentado a dizer: "Para ser mais exato, quatro minutos e dezoito segundos...". Mas para que lhes dizer isso? Para quê?

Ele sabia que todos estavam novamente reunidos a seu redor, mas fingia dormir.

— Não podem acordá-lo? — ouviu a voz de Albini, que acrescentou, num sussurro: — Com uma injeção de cafeína?

— É arriscado — disse o doutor Petrescu.

— Eu sei, eu sei — interrompeu-o Albini. — Mas, seja qual for o risco, devemos retomar o interrogatório. Ordens superiores.

Ao ouvir os passos do médico se afastando pelo corredor, Orobete abriu os olhos.

— Estou à sua inteira disposição, senhor inspetor — disse, com um sorriso. — Mas gostaria de lhe pedir uma coisa. Não é uma condição, apenas um favor.

— Diga — respondeu Albini, sentando-se na cadeira junto à cama.

— Como o senhor já deve ter percebido — começou o rapaz —, trata-se de um assunto extremamente sério...

— É por isso que eu preciso tanto conversar com você. O assunto não é apenas seríssimo, mas também de extrema urgência.

— Eu sei — sorriu Orobete. — É também essa a razão da visita inesperada do camarada acadêmico Pavel Bogatyrov. Isso quer dizer que os russos também estão a par do caso — acrescentou, recuperando o tom gaiato. — E apesar de todas as precauções que o senhor tomou, agora há pouco o surpreendeu escondido no corredor, pronto para gravar tudo com seu aparelho...

Albini ficou branco, inclinou-se junto ao ouvido do rapaz e lhe perguntou num sussurro:

— Como você ficou sabendo disso?

— Agora há pouco, o acadêmico foi ao banheiro — continuou Orobete —, mas saiu logo em seguida e veio até aqui. Conhecia bem a planta da clínica e estava de jaleco branco, como todo o pessoal, portanto deve ter cúmplices... Mas isso por ora não vem ao caso. O favor que eu lhe peço é muito simples: deixe-me sair por algumas semanas, no máximo dois meses, para que eu possa procurar a única pessoa capaz de entender o caso e nos ajudar. Não se trata de Ahasverus — apressou-se a esclarecer. — Trata-se de *alguém*, alguém talvez muito próximo de nós, que possui tanta inteligência matemática e tanta imaginação poética que seja capaz de entender o fim da demonstração...

— As quatro páginas arrancadas — interrompeu-o Albini, com um sorriso amargo. — Mas é justamente sobre isso que eu queria falar com você...

— Como eu previa — continuou Orobete. — Mas permita-me procurar essa pessoa. Dou-lhe minha palavra de honra que, tão logo o encontre...

— Eu sei — tornou a interrompê-lo Albini. — Já escutei na gravação o que você disse à enfermeira... Vou encaminhar um relatório a respeito.

Orobete tombou a cabeça no travesseiro e sorriu mais uma vez, com melancolia.

— Lamento. Cumpri com meu dever fazendo e repetindo esse pedido, primeiro em meu delírio e agora lúcido... Seria uma pena que todos desaparecêssemos ou regredíssemos à era mesozoica, só porque...

De repente se calou e encolheu os ombros. Albini permanecia em silêncio, fitando-o indeciso. Em seguida sacou da cigarreira e começou a girá-la entre os dedos.

— Convém que eu lhe avise desde já — acabou dizendo —, para que não tenha uma desagradável surpresa ao entrar em casa. Revistamos tudo lá: nossos especialistas destrancaram seu baú, examinaram todos seus livros, página por página, investigaram e fotografaram seus cadernos, suas anotações, seus cálculos matemáticos... Em suma, vasculharam tudo, sem poupar esforços nem recursos técnicos. Mas não encontraram nada que correspondesse, nem de longe, à demonstração que você deve ter desenvolvido nas últimas quatro páginas do trabalho.

Orobete virou a cabeça e fitou o inspetor com insólita curiosidade e um fundo de ironia.

— Se o senhor tivesse me consultado a respeito, eu teria avisado que perderiam seu tempo procurando lá. Como eu disse desde o princípio, nem mesmo eu conhecia o conteúdo do trabalho. Talvez em sonhos...

— Aí é que está o grande problema — interrompeu-o Albini mais uma vez. — Baseados nas páginas acessíveis na brochura, nossos matemáticos conseguiram decifrar parte das gravações. Mas ninguém conseguiu decifrar o resto, isto é, o que corresponderia às quatro páginas finais. Mas temos certeza de que você, que sabe do que se trata, você há de conseguir.

— O que o senhor quer dizer com isso? — perguntou Orobete, ligeiramente pálido.

— Muito simples — respondeu Albini, abrindo sua pasta. — Tenho aqui comigo a transcrição das gravações feitas desde que você foi internado até ontem à noite. Obviamente, tratei de selecionar apenas aquilo que se refere à matemática e à física, mas preservando o contexto em que foi dito. Por exemplo, a profecia dos feiticeiros mexicanos. Tudo o que corresponde às análises e demonstrações presentes na brochura foi emendado e completado com tinta vermelha.

Com ar aborrecido, Orobete fixou um olhar profundo no inspetor, esfregou a testa e murmurou:

— Veja, Albini, depois de ter recebido todas essas drogas, estou exausto. Mentalmente, quero dizer. Mal consegui compreender, e só parcialmente, as últimas páginas impressas.

— Tente, pelo menos — interrompeu-o Albini. — Você faz ideia — acrescentou, levantando-se — do que significaria nós sermos os primeiros *a conhecer* uma descoberta que nenhum outro gênio da matemática em todo o mundo conseguiu fazer?...

— Não vai ser fácil — replicou. — Não vai ser nada fácil — repetiu o rapaz, largando a cabeça sobre o travesseiro.

Ao acordar, alguns minutos depois, não havia mais ninguém no quarto. Procurou a transcrição datilografada que o inspetor lhe deixara, mas não a achou em parte alguma, nem na mesinha de cabeceira, nem entre as cobertas, nem no chão. Por fim, apertou a campainha chamando uma enfermeira.

— Faz muito tempo que o camarada inspetor foi embora? — perguntou.

A enfermeira pestanejou, aflita, e o observou temerosa.

— Ainda não veio hoje — respondeu.

— Mas ele esteve aqui agora há pouco, deve ter acabado de sair — interrompeu-a Orobete. — Até deixou comigo um material datilografado. E pediu-me que tentasse decifrá-lo.

— Vou perguntar ao doutor — disse a enfermeira, abandonando o quarto às pressas.

Orobete segurou a cabeça entre as mãos.

— Tenho só mais dois dias — sussurrou. — Quem sabe nem isso. Quem sabe só um. Talvez até menos...

"... Bom, se ele não veio até agora", pensou, "não virá mais." "As ordens devem ter mudado", continuou dizendo em voz alta, para ter certeza de que tudo seria gravado. "De início todos pensaram que, se achassem o final do trabalho, as famosas quatro páginas, chegariam à solução. Mas depois ficaram com medo, e com razão. O mesmo aconteceu com as últimas palavras de Einstein e com a réplica de Heisenberg. Se fossem publicadas, causariam o mais terrível pânico que a humanidade já conheceu. Podemos regredir à era mesozoica da noite para o dia! As pessoas enlouqueceriam, aconteceriam suicídios em massa, um sem-fim de atrocidades. Talvez seja melhor mesmo a santa ignorância! Pode-se saber tudo, exceto o futuro. Pelo menos *por enquanto*, nos dias que correm", acrescentou, com um sorriso amargo. "Nesse caso, é bem provável que as transcrições que Albini me mostrou, mais as cópias existentes e as próprias fitas gravadas, tudo seja destruído. Repito: talvez seja melhor assim... Se bem que", retomou, depois de uma pausa, "ainda haveria uma saída: me liberarem para procurá-lo. *Não é possível que ele não exista!*", exclamou. "E talvez esteja aqui mesmo, em Bucareste, quem sabe até neste prédio. Ninguém entendeu o que se devia ter entendido desde o primeiro momento: que eu não passo de um mensageiro, de um prenunciador. Eu apenas conhecia a última equação. Não conhecia *a solução* capaz de nos salvar das consequências da descoberta da última equação. Deus me dotou de gênio matemático, mas não da verdadeira imaginação criativa, do gênio poético. Desde criança, eu sempre amei a poesia, mas só a dos outros. Se eu fosse um gênio poético, talvez pudesse *eu mesmo* ter chegado à solução..."

Depois de um longo silêncio, voltou à carga, virando-se novamente para a porta entreaberta: "Mas não é esse o problema. Desde o início, a questão foi posta de maneira equivocada, e fui tomado pelo Outro. O *Outro* que há de vir o mais breve possível para evitar que regridamos, numa fração de segundo, à condição dos répteis da era mesozoica. Claro que no fim também o matariam, mas, se tivesse tempo para anunciar *a solução*, sua morte não seria trágica, e sim exemplar".

"Trágica é a minha morte", prosseguiu, "pois não cumpri minha missão. Um mensageiro que não consegue transmitir a mensagem! Talvez seja um exagero considerá-la trágica. Diria antes que se trata de uma morte tragicômica. Uma tragicomédia de erros e confusões..."

Permaneceu um bom tempo calado, pensativo, olhando para a porta. Depois retomou com firmeza:

"Decerto ainda não conseguiram convencê-lo. Quantas vezes lhe disseram, desde hoje à tarde, desde as 3 horas até agora, quando já anoitece. Quantas vezes lhe repetiram: 'São as ordens, camarada doutor. Não se trata apenas de nós, romenos, do nosso insignificante país. Trata-se do destino do mundo inteiro. Todas as potências intervieram no caso, tanto do Ocidente como do Oriente. Se não obedecermos, não hesitarão em agir diretamente, e o resultado será o mesmo... Repito, não se trata de um assassinato, mas de uma simples eutanásia. A exemplo do grande Eminescu, nosso gênio da matemática enlouqueceu. É o parecer que consta nos relatórios do seu próprio departamento, assinados pelo professor doutor Manole Draghici: as faculdades mentais do camarada Constantin Orobete estão irremediavelmente comprometidas. No melhor dos casos, passará o resto da vida idiotizado, vegetando num asilo de doentes incuráveis".

Depois de uma breve pausa, recomeçou:

"É verdade, camarada doutor. *Eles* têm razão, não o senhor. E não é sua injeção que vai me matar. A dose já passou do limite. A última injeção, que eles em breve o convencerão a me aplicar, apenas precipitará o fim. O fim que já começou há muito, desde que fui trazido para cá. Camarada doutor Vladut, obrigado por começar a ceder. Só espero que o senhor também possa escutar esta última gravação antes que seja destruída, como as todas as outras, e saiba o quanto lhe sou grato... Mas agora preciso me apressar. Se eu não fui capaz de transmitir *a mensagem*, que era a única coisa que realmente contava, não tenho mais nada a acrescentar. Sou órfão, não tenho família, não tenho amigos. Se puderem, cumprimentem da minha parte o professor Dorobantu e digam-lhe que ele tinha razão; ele vai entender do que se trata. E mais uma coisa, mais uma coisa — acrescentou rápido, empalidecendo ao ouvir passos no corredor. — Peçam ao senhor reitor que anule a expulsão dos meus colegas Dumitrescu e Dobridor. Digam-lhe que eles não tiveram culpa. Por favor, eu imploro! Eles não são culpados! Não sabiam..."

Exausto, largou a cabeça no travesseiro e, no instante seguinte, ouviu a voz do doutor Vladut dirigindo-se a um desconhecido que permanecera sob o vão da porta.

— Está dormindo — sussurrou. — Profundamente.

IX

Descia radiante as escadas da clínica, certo de que, apesar da impressão de estar descendo há muito tempo e não saber quantos andares tinha o fabuloso prédio, acabaria chegando ao térreo e sairia para o jardim ou para a calçada.

— Prefiro sair para o jardim — murmurou. — Não deve haver ninguém por lá a esta hora. É noite de Sânziene. E até mesmo no coração da capital, tudo volta a ser o que sempre foi: noite de Sânziene...

Nesse momento se viu no jardim, sentado no banco. E sem olhar para o lado, percebeu que o velho se sentara ao lado dele.

— O senhor tinha razão, Mestre — disse. — Eu devia ter voltado... Pelo menos para confirmar a história do quarto com a porta entreaberta...

— Só para isso, Dayan? — interrompeu o velho, acrescentando com um sorriso: — Se bem que, a rigor, não tenho mais o direito de chamá-lo assim, agora que você recuperou a vista perdida e tem os dois olhos...

— Verdade? — perguntou o rapaz, virando-se. — Não tinha percebido.

— Mesmo assim, vou continuar a chamá-lo de Dayan, como no início... Então, Dayan, você já deve imaginar o que me traz aqui — acrescentou.

— Acho que sim — sussurrou Orobete, com um sorriso amargo.

— Uma única pergunta, a única que para mim permanece sem resposta. Adivinhe do que estou falando... Agora que você descobriu a última equação, mas, felizmente para mim (reconheço, sou egoísta, mas talvez eu também tenha esse direito, como todos os mortais...), felizmente para mim ainda não chegaram à solução, quero lhe perguntar se minha esperança na profecia dos videntes astecas...

— O ano de 1987 — precisou Orobete.

— Exato. Se essa profecia vai se realizar ou se ainda terei de esperar, esperar...

Orobete virou-se para o velho e o fitou com infinita tristeza.

O velho balançou a cabeça, sorrindo, e disse depois de alguns instantes:

— Entendi, entendi e não me aborreço... Mas agora temos que nos despedir — acrescentou, levantando-se com certa dificuldade. — Você conhece o caminho?

— Conheço, sim — murmurou Orobete. — E também conheço o lugar. Não fica longe daqui...

Palm Beach/Chicago, dezembro de 1979-janeiro de 1980

POSFÁCIO

Eugen Simion

O leitor brasileiro deve saber mais, suponho, sobre o Mircea Eliade historiador das religiões do que sobre o Mircea Eliade narrador — o que até certo ponto é mesmo de se esperar. O mitógrafo criou uma antropologia da cultura baseada na dialética do sagrado e do profano que só depois de algumas décadas começou a ser conhecida em todo o mundo. Hoje, passados vinte anos desde a morte do autor, os estudos de Eliade sobre xamanismo, ioga, sobre as religiões australianas, sobre o sagrado e o profano e o mito do eterno retorno, além dos três alentados volumes da *História das ideias e crenças religiosas* e muitos outros livros, todos traduzidos para muitas línguas, comentados e resumidos em dicionários especializados, são considerados obras de referência em diversas áreas. Enquanto o estruturalismo manteve o predomínio sobre outras teorias, as ideias de Eliade só puderam circular num círculo restrito de especialistas. A ideia da sacralidade do mundo (ideia-eixo de seu pensamento) só começou a ser levada em conta depois que o estruturalismo e os demais "métodos reducionistas" — como ele costumava chamar o marxismo, o freudismo etc. — perderam prestígio nos meios intelectuais. Naquela época, o mundo se esvaziara de sentido e as correntes do pensamento deixaram de considerar a dimensão do sagrado. Mircea Eliade — não só ele, certamente, mas ele sobretudo — trouxe-a de volta à cena e a recolocou em seu lugar, ou seja, no centro do nosso pensamento.

Mas o que houve com o Eliade narrador durante todo esse tempo? Sua história tem origens muito antigas e traça um percurso paralelo ao do acadêmico. Ainda muito jovem, tendo entre dezoito e vinte anos, Eliade escreve dois curtos romances gidianos: *Romanul adolescentului miop* [Romance do adolescente míope] e *Gaudeamus*, cujos manuscritos permaneceram inéditos por mais de cinquenta anos; num segundo momento, durante sua temporada de estudos na Índia, de 1928 a 1931, ele passa para uma prosa exótica e existencialista (seu maior feito nesse registro é o romance *Maitreyi*, de 1933). Paralelamente, realiza exercícios ao estilo de Joyce (*Lumina ce se stinge* [A luz que se apaga]) e em seguida envereda para a prosa fantástica. Finda a guerra, procura uma nova fórmula narrativa. Procura e acha.

Reunindo-as por experiências e estilos, as obras em prosa de Eliade podem ser agrupadas em torno de cinco eixos estilísticos:

1) Fase "indiana", com *Isabel si apele diavolului* [Isabel e as águas do diabo] e *Maitreyi*, que encontra sua continuação no "romance indireto" *Santier* (na verdade, um diário) e no memorial *India*;

2) Uma prosa de cunho existencialista que, embora inclua o exotismo e a sensualidade indianos, concentra seus temas na problemática da jovem geração (*Intoarcerea din rai* [Retorno do Paraíso] e *Huliganii* [Hooligans]), retomados em alguns projetos abandonados (*Apocalips*, *Viata noua* [Vida nova]); no último, Eliade tenta afastar-se do que ele próprio denomina "romance cardíaco" (romance sensacional) para abraçar a forma de um romance "de planos inclinados". Trata-se de uma espécie de romance que, desprovido de personagens excepcionais, atípicos, procura transcrever, vagarosa e meticulosamente, o "filme interior" das vivências individuais, analisando as experiências de um indivíduo e sua relação com o mundo exterior. Vale frisar, porém, que, diferentemente do que o autor desejava, esse novo método ro-

manesco não produziu nenhuma obra-prima romena. Nessa série realista e existencialista devemos também incluir a tentativa de Eliade em captar a faceta *caragialiana*[1] (cômica) da jovem geração num projeto de romance (a história de Spiridon Vadastra), mais tarde aproveitado no romance mítico *Noaptea de Sânziene*.[2] Vadastra é o ambicioso fracassado, um Mitica[3] perspicaz, retórico, mistificador medíocre;

3) Entre essas duas experiências situa-se o "quase joyciano" *Lumina ce se stinge*, romance escrito entre 1930 e 1931 e publicado em 1934, com o objetivo declarado do autor de se libertar da obsessão pela Índia e de encontrar sua própria identidade espiritual;

4) a prosa fantástica, baseada primeiro em símbolos extraídos do folclore romeno (*Domnisoara Christina* [Senhorita Christina]) e, depois, na experiência indiana pela perspectiva dos grandes mitos (*Nopti la Serampore* [Noites em Serampore] etc.);

5) Prosa mítica escrita no exílio; desde o conto "Un om mare" [Um grande homem], passando por *Noaptea de Sânziene* e chegando até a novela *Nouasprezece trandafiri* [Dezenove rosas], Mircea Eliade desenvolverá, sob diversas formas, o tema da iniciação e do espetáculo numa arte narrativa profunda e essencial.

Os compartimentos, naturalmente, comunicam-se entre si, e qualquer pessoa, ao ler os romances em sequência, pode observar que a ideia da liberdade individual e do ato gratuito passa do meio indiano para o meio romeno e que os temas, em geral, se repetem. Eliade se encontra agora totalmen-

---

[1] Relativo a Ion Luca Caragiale (1852-1912), considerado o maior dramaturgo romeno. (N. do T.)

[2] Vadastra é um dos personagens do romance *Noaptea de Sânziene* [A noite de Sânziene], de Eliade, lançado em 1955. (N. do T.)

[3] Personagem popular cômico criado por Caragiale. (N. do T.)

te subjugado pela teoria da autenticidade, e a maioria dos seus heróis, estejam eles em Calcutá ou em Bucareste, mantêm diários repletos de anotações sobre sensações, atos existenciais, opiniões sobre as mulheres e experiências eróticas. *Lumina ce se stinge* contempla os ritos de passagem, tema que se tornará dominante na fase da prosa fantástica e mítica. O mistério e a iniciação são também trabalhados nos romances existencialistas com temas romenos, que têm como eixo essencial a ideia da experiência hooliganista — moral viril, individual ou coletiva —, no sentido que lhe dá Papini.

A conclusão provisória a que podemos chegar é a de que Gide não constitui o único modelo narrativo de Eliade, nem o mais importante. Embora o amoralismo e o interesse por opções heterodoxas (visíveis em *Isabel si apele diavolului*) evoquem a literatura de Gide, outros temas — como, por exemplo, a exaltação do "vital", o exotismo, a profecia do sexo — são comuns no romance europeu das primeiras décadas do século XX, de D. H. Lawrence até Huxley e Papini. Mesmo o interesse por outras civilizações e mentalidades é afim ao gosto da época. Kipling escreve sobre a vida dos oficiais ingleses na Índia, Lawrence vai ao México para pesquisar a vida original dos aborígenes, Huxley visita a Índia para se iniciar nos mistérios de uma cultura antiga, Malraux permanece algum tempo na Indochina e situa o conflito de sua obra-prima romanesca (*A condição humana*) no Extremo Oriente. O homem vital é um personagem que circula no romance anglo-saxão, ao passo que o homem que transforma a experiência em conhecimento é o ideal do romance francês dos anos 1930. Finalmente, a angústia trágica, a vontade de explorar os limites, o conflito de gerações, o anticonformismo — ou, na linguagem de Eliade, o *hooliganismo*) são elementos recorrentes na prosa das décadas de 1920 e 1930. Alguns anos mais tarde, o Mircea Eliade da experiência indiana leva essa prosa para seus romances, que, sob outros aspectos, mantêm sincronia com o romance europeu.

Em qual dessas categorias narrativas entrariam as novelas *Uma outra juventude* (1978) e *Dayan* (1980)? Devemos dizer, antes de mais nada, que são narrações escritas no exílio. Logo após a Segunda Guerra Mundial, Eliade permanece na França e, mais tarde, a partir de 1956, estabelece-se nos Estados Unidos, onde lecionou História das Religiões na Universidade de Chicago até seu falecimento, em 1986. No exílio, como já apontei, ele modifica sua fórmula narrativa. Acaba optando por aquilo que um personagem-escritor do romance *Noaptea de Sânziene* chama de "narração mitológica". Ela representa uma variante da prosa fantástica anterior (*Domnisoara Christina*) e poderia ser definida nos seguintes termos: o autor parte da ideia de que o homem é uma soma de mitos que, mesmo sem saber, até o mais profano dos espíritos porta consigo, dando-lhe acesso a revelações (epifanias), a sinais que lhe são enviados de toda parte, num mundo que se apresenta repleto de símbolos a serem decifrados. O homem moderno, dessacralizado, pode se salvar por meio do conhecimento desses sinais do sagrado-mítico, pois ele muitas vezes vive em universos paralelos e numa contínua ruptura de planos temporais que nem sempre compreende. Sua existência é uma contínua "coincidência dos opostos", uma contínua iniciação em um mundo do qual, como advertira Nietzsche há mais de um século, Deus se retirara. Mas teria realmente se retirado?, pergunta Eliade. Trata-se de um mundo esvaziado de sinais, ou será que o homem moderno se esqueceu de procurá-los? A aventura de sua vida é procurar e encontrar os sinais do sagrado. Só assim o homem poderá, sugere o narrador, derrotar as brutalidades da História...

Na novela *Uma outra juventude*, Mircea Eliade introduz a ideia da regeneração biológica que já esboçara em outros contos, como, por exemplo, em "Les trois grâces". Um tema que, embora se aproxime da literatura de ficção científica, o autor consegue deter a tempo, antes que o enredo enverede pelo terreno próprio do gênero. Nem no terreno do fantástico puro ou do miraculoso. A narração trabalha, digamos, um caso estranho, mas num contexto violentamente realista; isto é, promove a inserção do insólito no cotidiano de um indivíduo qualquer. O personagem vivencia, em poucas palavras, uma experiência que não é capaz de explicar racionalmente. Eliade, contudo, chama a nossa atenção para o fato de que nem tudo que é irracional é irreal. O real, a verdade, o essencial da existência pode ter a aparência do anormal, do irracional, do insólito, que muitas vezes se apresenta camuflado sob a forma do mito. Eliade já revelara interesse no assunto em seus estudos eruditos e, como já disse, procurou valorizá-los na sua produção ficcional — operação similar à efetuada, por exemplo, por Ernst Jünger em sua prosa. O título em questão, *Uma outra juventude*, evoca um famoso conto de fadas romeno[4] dedicado ao mito da juventude eterna. Eliade trata a seu modo, ou seja, ao modo de um realismo equívoco, o tema do rejuvenescimento individual. Realista porque a ação se desenvolve num plano controlável dos fatos, mas ao mesmo tempo equívoco, pois a partir de um determinado ponto relata-se uma série de acasos e coincidências paradoxais que ligam os eventos por uma rigorosa causalidade.

A narração se situa, assim, entre um enredo de ficção científica e a prosa mítica propriamente dita. Até uma intriga policial surge em meio a eventos extraordinários.

Seu protagonista, Dominic Matei, é um "mutante" que antecipa a condição que o homem atingirá depois de uma evolução de algumas dezenas de milhares de anos. A humanidade terá, então, uma estrutura psico-mental capaz de recuperar, por meio de um simples ato de concentração, tudo o que pensaram e produziram homens de todas as partes e

---

[4] Trata-se de "Juventude sem velhice e vida sem morte", de Petre Ispirescu. (N. do T.)

de todos os tempos. Ele representa, assim, a humanidade pós-histórica. O narrador empurra, dessa maneira, o seu personagem para a zona da literatura mística, todavia, não abusa de seu conhecimento na área. Seu intuito é conferir verossimilhança ao estudo de um caso totalmente inverossímil.

Algumas coincidências e justificações são dignas de nota. A imprensa divulgou não faz muito tempo — depois da publicação da novela de Eliade, em todo caso — informações sobre um indivíduo cego e calvo que, depois de ser atingido por um raio, não apenas recobrou a visão como seu cabelo começou a crescer de novo. O que prova que a hipótese fantástica de Eliade não é de todo descabida. O autor logo combina a análise dessa teoria com um mito literário, a fim de transformá-lo numa *história* — o que faz com notável habilidade. Trata-se, como já disse, do mito da eterna juventude, do mito da regeneração, aqui adensado com a ideia da existência humana numa época pós-histórica. Dominic Matei, agora centenário (estamos no ano de 1968), não consegue esquecer-se do passado, ou seja: não logra livrar-se de sua velha identidade. Basta olhar para uma velha fotografia (a casa dos pais em Piatra Neamt) para que sua existência se precipite, exatamente como o herói do conto de fadas. "Sou, apesar de tudo, um homem livre", declara ele, mas o sentido dessa liberdade não é muito claro. Livre para voltar à sua condição anterior?

O fim da novela é um golpe teatral. Um daqueles finais épicos que desmantelam as premissas e recolocam tudo em discussão. Mircea Eliade formulou, desse ponto de vista, uma técnica bastante engenhosa de *abrir* a narração na direção de uma perspectiva inimaginável depois de ela ter sido orientada para uma determinada direção, destruindo as ilusões do leitor com um fecho sem solução. Ou com uma única solução: a de demolir as outras previamente construídas. Assim, depois de acompanharmos a extraordinária história de uma mutação biológica, o narrador nos traz de volta ao ponto de partida, impregnando o texto com a maior das dúvidas. Dominic Matei retorna a Piatra Neamt e, no café Select, seus amigos o recebem com alegria. Eles achavam que o professor tinha sido internado num hospital de recuperação depois de uma terrível crise de arteriosclerose. Ou seja, tudo não teria passado de um sonho, como em *Sarmanul Dionis* [Pobre Dioniso], conto do escritor romântico Mihai Eminescu.

Contudo, nem mesmo essa reviravolta consegue explicar inteiramente os símbolos da narração. Embora Dominic Matei volte à Piatra Neamt de 1938 sob sua antiga aparência de velho cansado, com os dentes amolecendo dentro da boca, num acelerado processo de senescência que reforça a ideia de que a *mutação* fora a fantasia de um amnésico, ainda restam algumas incógnitas que contradizem a hipótese do espírito profano. Apesar de estar agora num tempo anterior à Segunda Guerra Mundial, Dominic Matei tem conhecimento da bomba de Hiroshima e de muitos outros fatos ocorridos no que seria o futuro... Além disso, quando, no dia seguinte ao reencontro no café, o descobrem congelado em frente de casa, acham em seu bolso um passaporte em nome de Martin Andricourt (seu codinome de mutante), nascido em Honduras, em 18 de novembro de 1939!

Revelado esse último detalhe, a novela se encerra, repleta de grandes enigmas. O narrador fornece detalhes que empurram nosso espírito de um lado para o outro. Não se trata de uma charada, mas apenas de uma técnica narrativa baseada na ideia do paradoxo temporal. Para o autor, no fundo, trata-se de um modo de ampliar a ambiguidade da narrativa e preservar seus símbolos por meio de uma indeterminação calculada. Eliade não opta pela solução realista, encarnada pelos amigos de Dominic Matei reunidos no café Select, mas tampouco deriva para o campo do miraculoso. Os fatos permanecem num terreno de probabilidades que permite hipóteses várias. O que o narrador tinha a sugerir, foi sugerido: a ideia da regeneração biológica, o mito da juventude, a condição existencial do homem pós-histórico, a dialética do mítico e do profano, a ambivalência de todo acontecimento, a existência individual como uma série de provas iniciáticas... Todos temas eternos da literatura de Eliade (sobretudo da prosa do pós-guerra) que renovam a narração de tipo mítico e lhe dão uma marca de grande originalidade.

Em *Dayan* volta a aparecer o elemento *miraculoso*, no mesmo tipo de enredo policial. No centro de tudo está a "equação absoluta" que Constantin Orobete está prestes a decifrar, a mesma que tanto obcecara a Einstein e Heisenberg; uma fórmula que exprime o poder de recompor o tempo em ambas as direções e de provocar o processo geral de anamnésia. Vale observar, aqui também, a existência de um modelo literário a que Eliade recorreu diversas vezes: *Sarmanul Dionis*. Dayan é o Dioniso metafísico que ousa medir-se com a divindade por meio de uma formulação matemática e acaba sendo punido. Mas o que em Eminescu é a sugestão de um sonho romântico, aqui é colocado nos termos das ciências exatas. Por outro lado, resgata-se do mundo das lendas um personagem misterioso, o Judeu Errante, que conduz o protagonista numa experiência extática em que se sucedem revelações prenhes de simbolismo mítico: a passagem para o jardim do Éden oculta numa casa abandonada, os cálculos dos profetas astecas sobre o término da "era infernal" e o início da "era beatífica", fontes de águas mágicas, cifras místicas, a inefável *Madonna Intelligenza*, isto é, a sabedoria identificada com a mulher eterna e a mulher amada. Ao despertar de sua viagem astral, Orobete é retido por um representante do mundo profano (Albini) e por outros agentes da repressão, que, obviamente, não acreditam no relato e nas explicações daquele e se esforçam por encontrar indícios de maquinações tenebrosas. É a eterna questão das duas *linguagens*, duas *visões*, dois *enredos*. O que segue se situa na fronteira entre o conto policial e a narração de ficção científica. Dayan, com seus poderes extrassensoriais, é capaz de viver a experiência edênica e acessar o "conhecimento górdio" — conceito que Eliade utiliza nos ensaios dos anos 1930. Instalado numa *duração pessoal*, em estado de beatitude, tenta decifrar o segredo da equação derradeira...

Faltam, porém (e aqui intervém o acidente romântico, frequentemente empregado na literatura do século XIX), as últimas quatro páginas do seu manuscrito... O leitor compreende que se trata justamente das páginas que deveriam revelar de maneira cabal a possibilidade de utilização da famosa equação... O segredo final, portanto, é preservado, como nas demonstrações de Einstein e Heisenberg... Orobete-Dayan chegou à *equação final*, sem conhecer porém a *solução* dessa equação.

Há também nessa novela duas referências que devemos levar em consideração, a saber: a experiência extática de Orobete ocorre três dias antes da noite de Sânziene[5] e exatamente doze anos depois de ter terminado a leitura de *O Judeu Errante*, de Eugène Sue, no celeiro comunal de Strândari. Teríamos, aqui também, mais uma referência a *Sarmanul Dionis* e, em geral, à prosa romântica.

A diferença reside no fato de que o personagem de Eliade desperta de seu estado contemplativo nas mãos da polícia secreta e, provavelmente, morre tentando adivinhar o *caminho*. A história é, do ponto de vista literário, mais coerente e melhor que a anterior.

Ao término deste posfácio, gostaria de dizer algo sobre o modo de Eliade ser escritor em relação à prosa do século XX. Um modo sem dúvida atípico, um percurso narrativo que vai contra a corrente geral, pelo menos depois de 1945. Eliade traz para a narrativa europeia uma visão absolutamente especial do homem, sem nem por isso copiar, nos contos e romances, sua antropologia cultural. Numa carta que dele

[5] Noite com valor epifânico no imaginário popular romeno. (N. do A.)

recebi no início dos anos 1980, quando eu estava preparando um alentado volume sobre sua prosa fantástica e mitológica, Eliade negou categoricamente a ideia dessa cumplicidade entre o literato e o acadêmico. Mas alguns temas retornam, fatalmente, em sua obra romanesca.

Com seus temas e seu estilo narrativo, Eliade acaba seguindo um caminho solitário na prosa europeia da segunda metade do século XX. Mantém distância do *nouveau roman* e de todas as estratégias do *metarromance*, não se deixa atrair pela narrativa pós-moderna nem pelas revoluções e contrarrevoluções do campo literário. Apresenta-se como conservador e segue esse caminho; sabe o que sabe, como o personagem de *A filha do capitão*, de Púchkin, buscando o renascimento da narração (que sofre nas mãos dos professores destrucionistas e reducionistas) através da infusão de mitos. Não se encontra, contudo, completamente sozinho na narrativa europeia. Guarda afinidades com Hesse e Jünger, fazendo parte, no fundo, da mesma família de escritores que deseja restabelecer o mágico, o simbólico, as pluralidades e as complexidades do real, que cultiva o mítico desprezado pelos doutores em ciências estruturalistas. Como disse anteriormente: Eliade prova que o homem não está sozinho no universo e que ele mesmo não é uma simples equação: encerra uma dimensão sagrada em sua essência mais profunda, e a sua função no mundo é reconquistar esse paraíso perdido no mundo profano.

Como se pode deduzir, Eliade não ocupa uma posição confortável, nem na literatura, nem tampouco na área acadêmica. A partir de um determinado ponto de sua evolução, ele se põe contra a corrente, alimentando-se de mitos e cultivando quimeras numa prosa intencionalmente anacrônica, ligeiramente "erudita" (pela abundância de situações paradoxais, sinais, coincidências estranhas), estática e conservadora demais para os espíritos vanguardistas... No que concerne à presença de mitos na prosa do século XX, cabe dizer que Eliade não ama os esoteristas e, em geral, particularmente não aprecia os que transcrevem os mitos em fábulas modernas. Por exemplo, censura Gide — seu modelo épico da juventude — por utilizar, em *Thésée*, clichês transmitidos por poetas e antigos mitógrafos. E há que se acrescentar mais coisa sobre o Eliade narrador: embora tenha vivido no exílio desde os 35 anos, continuou escrevendo literatura de ficção em romeno, cultivando deliberadamente um estilo desprovido de fausto metafórico, numa prosa de ideias e problemas. E, a meu ver, conseguiu seu intento. Conseguiu recuperar as "negatividades" do imaginário europeu, as bruxarias, as práticas mágicas, as "amnésias" do mundo moderno, as zonas insólitas e ambíguas do universo do homem pós-histórico, pós-moderno, do homem que perdeu suas certezas; do homem que travou, poderíamos dizer, uma árdua luta na segunda metade de sua vida contra a mentalidade de seu tempo e que teve a sabedoria de aguardar. E tudo isso sem chamar muita atenção.

Bucareste, 17 de maio de 2008

SOBRE O AUTOR

Mircea Eliade nasceu em Bucareste, em 1907, numa família cristã ortodoxa. Além de ser mundialmente reconhecido como o fundador da moderna História das Religiões, deixou também uma importante obra ficcional. Com apenas treze anos publicou seu primeiro texto literário, o conto "Como encontrei a pedra filosofal", vencedor de um prêmio nacional de literatura, e que já antecipa o cruzamento entre imaginação e indagação científica que marcará sua produção intelectual. Ainda no colégio, iniciou uma colaboração regular em periódicos escolares, com artigos de divulgação científica, contos e breves ensaios de crítica literária.

Em 1925, quando já leciona alemão, inglês, francês e italiano, Eliade ingressa no curso de Filosofia e Letras da Universidade de Bucareste. Nesse mesmo ano escreve *Romance do adolescente míope*, uma ficção autobiográfica que permanecerá inédita por mais de cinquenta anos. Em 1928 o livro receberá uma continuação, intitulada *Gaudeamus*, que também será editada postumamente. Durante o curso universitário, inclina-se pelo estudo das correntes hermetistas e "ocultistas" (cabala e alquimia) na filosofia renascentista italiana, tema que desenvolve em sua monografia de graduação. A pesquisa o leva diversas vezes à Itália, onde trava contato com eminentes historiadores e orientalistas como Giuseppe Tucci, Ernesto Buonaiuti e Vittorio Macchioro, além do escritor Giovanni Papini, que muito o influenciou.

Em 1928, o jovem Eliade parte para uma temporada de estudos de filosofia e sânscrito na Índia, que significaria um ponto de inflexão em sua trajetória intelectual e existencial.

Já de volta à Romênia, em 1933 defende sua tese de doutoramento junto à Universidade de Bucareste, tendo por objeto a prática da ioga. A pesquisa terá grande repercussão nos círculos especializados e projetará seu nome entre os orientalistas europeus. No mesmo ano publica o romance *Maitreyi*, no qual revisita em chave ficcional sua traumática paixão indiana. O livro tem grande sucesso e transforma Eliade numa figura popular da nova geração romena. Paralelamente, realiza exercícios ao estilo de Joyce, como *A luz que se apaga*, de 1934, e envereda pela prosa fantástica.

Em 1940 é nomeado adido cultural na Embaixada da Romênia em Londres, e em 1941 é transferido para a embaixada em Lisboa. Nesse período faz contato com a cultura espanhola através dos escritos de Unamuno e se encontra com Eugenio d'Ors e Ortega y Gasset, intelectuais por quem nutre grande admiração. Após a Segunda Guerra Mundial, muda-se para Paris e começa a escrever a maioria de seus trabalhos científicos em francês, mas sem nunca renunciar as suas raízes romenas. É autor de mais de trinta livros de ensaios, traduzidos em todo o mundo, como *O mito do eterno retorno* (1949), *Xamanismo* (1950), *Imagens e símbolos* (1952), *O sagrado e o profano* (1957), *Mito e realidade* (1963) e *História das crenças e das ideias religiosas* (em três volumes, 1976, 1978 e 1983).

Em 1956 realiza as Haskell Lectures na Universidade de Chicago. No ano seguinte, Joachim Wach indica seu nome para sucedê-lo na cadeira de História das Religiões naquela universidade. Eliade lecionou em Chicago até sua morte, em 1986.

SOBRE O TRADUTOR

Fernando Klabin nasceu na cidade de São Paulo e formou-se em Ciência Política pela Universidade de Bucareste, na Romênia, país em que residiu por dezesseis anos, tendo sido agraciado com a Ordem do Mérito Cultural da Romênia no grau de Oficial, em 2016. Entre suas principais traduções, destacam-se *O último cabalista de Lisboa*, de Richard Zimler (Relume Dumará, 2007); *Senhorita Christina*, de Mircea Eliade (Tordesilhas, 2011); *Nos cumes do desespero*, de Emil Cioran (Hedra, 2012); *A barca de Caronte*, de Lucian Blaga (É Realizações, 2012); dois romances de Max Blecher, *Acontecimentos na irrealidade imediata* (Cosac Naify, 2013) e *Corações cicatrizados* (Carambaia, 2016), além de poemas do romeno Marin Sorescu e do austríaco Georg Trakl, e de uma versão para o romeno de *Formação econômica do Brasil*, de Celso Furtado. Atualmente cursa o mestrado em Letras na Universidade de São Paulo e mantém o blog http://tradottotradito.blogspot.com.br.

Este livro foi composto em Sabon,
pela Bracher & Malta, com CTP da
New Print e impressão da Graphium
em papel Pólen Soft 80 g/m² da Cia.
Suzano de Papel e Celulose para a
Editora 34, em novembro de 2016.